TRÊS

Melissa P.

T
R
Ê
S

Tradução
Eliana Aguiar

Copyright © 2010 Giulio Einaudi editore s.p.a., Turim

Todos os direitos desta edição reservados à
EDITORA OBJETIVA LTDA., rua Cosme Velho, 103
Rio de Janeiro – RJ – Cep: 22241-090
Tel.: (21) 2199-7824 – Fax: (21) 2199-7825
www.objetiva.com.br

Título original
Tre

Capa
Tita Nigrí

Imagens de capa
©Josef Kubicek/iStockphoto
©Karam Miri/Shutterstock

Preparação de texto
Elisabeth Xavier de Araújo

Revisão
Raquel Correa
Fatima Fadel
Bruno Fiuza

Editoração eletrônica
Filigrana

CIP-BRASIL. CATALOGAÇÃO-NA-FONTE
SINDICATO NACIONAL DOS EDITORES DE LIVROS, RJ
P1t
    P., Melissa
    Três / Melissa P. ; tradução Eliana Aguiar. - Rio de Janeiro :
    Objetiva, 2011.

    Tradução de: *Tre*

    173p. ISBN 978-85-60280-98-8

    1. Ficção italiana. I. Aguiar, Eliana. II. Título.

11-1909.
                      CDD: 853
                      CDU: 821.131.3-3

O Tao gerou o Um,
E do Um foram Dois,
E do Dois, Três,
E o Três gerou os Dez Mil seres.

Lao Tse, *Tao Te Ching*

Quando duas ou três pessoas se reúnem não se pode dizer que estejam juntas. São como marionetes movidas por fios controlados por diversas mãos. Só quando uma única mão assume o comando, desce sobre todas elas um sentir partilhado que as move para a rendição ou para a luta. Também as forças do homem se encontram naquele ponto onde a extremidade dos fios converge para o aperto firme de uma mão que domina soberana.

Rainer Maria Rilke, *Notas sobre a melodia das coisas*

Sumário

Primeira parte. *Roma*
11 Um
27 Dois
37 Três
45 Quatro
54 Cinco
60 Seis
70 Sete
77 Oito
87 Nove
92 Dez
98 Onze
109 Doze

Segunda parte. *Buenos Aires*
119 Treze
126 Catorze
129 Quinze
133 Dezesseis
137 Dezessete
142 Dezoito
147 Dezenove
153 Vinte
159 Vinte e um
162 Vinte e dois
166 Vinte e três

173 *Agradecimentos*

Primeira Parte

Roma

Um

Não queriam mudar o mundo, sabiam que aqueles que tentaram antes deles haviam fracassado. Queriam mudar-se a si mesmos.

– Se nos acostumamos a comunicar mais coisas a mais pessoas ao mesmo tempo, por que querem nos convencer de que é impossível amar várias pessoas ao mesmo tempo? – perguntaram-se, certa madrugada, várias horas depois da meia-noite, enquanto esperavam o amanhecer numa janela...

A sociedade estava habituada à monogamia, assim como às relações clandestinas, e ser monogâmico ou clandestino não admitia críticas. Certamente, não se pode dizer a mesma coisa quando se trata do amor entre três indivíduos.

– Vocês também são amantes? – perguntavam os mais curiosos a Gunther e George. Eles se limitavam a sorrir sob o olhar divertido de Larissa, que respondia:

– Nós nos amamos, todos nós. – Era uma forma de admitir e, ao mesmo tempo, manter abertas as possibilidades.

Se era mesmo verdade que cada um deles tinha levado, até aquele momento, uma vida dedicada ao prazer, também era verdade que aquela forma de amor, tão ampla, não tinha feito parte de suas existências até então.

Todos os três tiveram ocasião de compartilhar um companheiro ou companheira com alguma outra pessoa ou de serem com frequência, eles próprios, *o outro*.

Larissa, a mais jovem, tinha tido relações sexuais com cinco homens em sequência, na mesma noite, no mesmo quarto. Logo depois foi apresentada a um casal com o qual se limitou a manter as coxas bem abertas, para que a língua dela pudesse explorar seus segredos femininos. A última vez em que tinha partilhado seu corpo com mais de uma pessoa remontava há muitos anos, quando tinha acabado no sofá de um apartamento desconhecido com dois homens, alguns meses antes de embarcar numa relação monogâmica e, logo em seguida, num casamento.

Foi durante o casamento que reconheceu Gunther, o mais velho dos três. Era aquele tipo de homem para o qual o tempo demora a passar e cujas feições relembram uma juventude nunca completamente desaparecida.

Expulso de todos os institutos e liceus de Roma por ações subversivas e movimentos de insubordinação que gostava de chamar de "revoluções estéticas", aos 18 anos tinha estabelecido um comércio de papagaios. Criava os animais na varanda de casa e de vez em quando libertava alguns pela cidade. Muitas vezes, os papagaios retornavam espontaneamente para as gaiolas, mas aqueles poucos que preferiam a liberdade constituíam pequenos casos na crônica local.

Ele e Larissa se conheceram na casa de um amigo comum poeta, muitos anos antes, antes mesmo que ela conhecesse aquele que, em seguida, seria seu marido.

Naquela noite, Larissa não estava com muita vontade de ficar fora de casa e tinha saído apenas o tempo necessário para dois cigarros, indo embora em seguida, sem recordar rostos e nomes. Já tinha se esquecido de Gunther antes de chegar no final da escada, chamar um táxi e voltar para seu sofá, onde ficou olhando para o teto, sentada no escuro e no silêncio de casa. Gunther ficou observando-a, enquanto se apresentava aos outros convidados, sorrindo, mas evidentemente sem nenhuma vontade de fazê-lo. Lembrou dela por um tempo um pouco maior, apenas um par de horas, mas na manhã seguinte também já a havia esquecido.

O que atraiu a atenção de Gunther foi a estranha luz que parecia circundar os contornos de seu corpo. Como uma poeira mágica, intangível, que descia da cabeça aos ombros, acompanhava os seios pequenos e redondos e deslizava sobre os quadris. Era uma aura de luz com sabor de mistério, uma reverberação arcaica que vinha de muito longe e que, quanto mais antiga parecia, mais admiração causava, pois Larissa, naquela época, não tinha alcançado sequer a maioridade.

Era a poetisa mais jovem da cidade e seu nome circulava nos ambientes literários há algum tempo. Gunther já tinha ouvido falar dela e agora que podia observá-la no salão do amigo comum, cercada de poetas e literatos, concluiu que ela não tinha consciência do poder que possuía nas mãos ainda em idade tão precoce.

Gunther sentiu seu cheiro de perto. "É esperta", pensou, mas não conseguiu ignorar a sensação de pureza que vinha de seus cabelos soltos nos ombros, dos olhos cor de avelã que se abaixavam quando tinham certeza de que ninguém estava observando.

Reencontraram-se quatro anos depois. Larissa tinha escrito outras obras, ainda era muito mais jovem do que vários outros poetas e tinha se casado com um marxista de sua idade, ecologista, primitivista e pessimista.

Certa noite, foi convidada para participar de um recital de poesia junto com o marido, Leo, num barzinho de San Lorenzo, onde serviam vinho barato de graça em copos de plástico e ouviam, todos em silêncio, os versos de algumas poetisas velhuscas, com chapéus de palha sobre os cabelos ressecados.

Diante do público, Larissa ouvia os próprios pensamentos, seguindo com os olhos as manchas na parede branca.

Sentado a algumas filas de distância, Leo estava de braços cruzados e tossia de puro tédio. Entre ele e Gunther havia uma revista de esquerda que ocupava uma cadeira.

Gunther perguntou se podia lê-la. Leo não tinha nada em contrário.

Já tinha chegado ao final de um artigo sobre uma nova variedade de psicofármacos, quando Larissa começou sua leitura.

Gunther levantou a cabeça ao som daquela voz profunda e espantou-se ao ver que pertencia a uma moça tão delicada, de ombros tão estreitos, os pulsos finos como umas varetas.

Passaram-se alguns poucos segundos antes que se desse conta de que era a mesma pessoa que havia encontrado anos atrás. Ouviu cinco ou seis versos, depois terminou o artigo. Fechou a revista batendo as páginas com força. Os poetas empoeirados nem perceberam, mas Larissa ergueu lentamente os olhos na sua direção. Sorriu, certamente não por tê-lo reconhecido, mas porque teve a impressão de que aquela interrupção aliviava a atmosfera marmórea que ela tanto detestava.

Gunther convidou Leo para tomar um vinho e, quando Larissa ergueu os olhos de novo, viu os dois se afastarem.

– Também sou poeta! – disse Gunther a um tímido Leo. – Mas também crio papagaios – concluiu, acabando o vinho num só gole.

Perguntou a Leo se ele também fazia poesia.

– Não, mas minha mulher faz – e deu o nome de Larissa.

Depois falaram de economia e de política, esquecendo a poesia.

Foram jantar juntos naquela noite e em todas as que se seguiram. Larissa observava Gunther enquanto ele devorava suas costeletas de porco, se afogava em vinho, limpava os talheres cuidadosamente nos guardanapos e piscava os olhos para as garçonetes e clientes do restaurante. Prometeu-se, naquela primeira noite, que quando chegasse em casa ia reclamar com Leo daquela sua mania de recolher todos os malucos da cidade sem perguntar nada a ela. Eles grudavam nas poltronas da casa deles e viravam hóspedes por tempo indeterminado.

No que lhe dizia respeito, Gunther era um alcoólatra e um vagabundo. Tinha necessidade de ficar na rua e nos bares todo o tempo que pudesse e era sempre um dos últimos a sair. Ria muito e muito alto, saltava da cadeira bem no meio de um discurso, gesticulava, gritava: era um palhaço sem nenhum senso de pudor.

Larissa não se espantou quando Gunther e o marido se tornaram amigos íntimos. O motivo pelo qual Leo admirava tanto Gunther lhe parecia muito claro. Havia neste último uma passionalidade que era completamente inexistente em Leo.

Admirado e perturbado, Leo seguia Gunther pelos caminhos da noite, falava dos conflitos no Oriente Médio enquanto ele batia fileiras de cocaína nos espelhinhos dos carros estacionados e ainda discutiam sobre a supremacia norte-americana, indignados, ofendidos, revolucionários.

Larissa os seguia como um animal silencioso. Esperava ver alguma mudança em Leo, que a influência de Gunther resolvesse as carências que o casamento dos dois suportava com naturalidade. Esperava pelo momento em que a matéria incandescente de Gunther conseguiria derreter os nódulos de Leo.

Mas parece que a vida desregrada de Gunther, embora exercesse um grande fascínio sobre Leo, o tornava ainda mais fechado e impenetrável. Depois de alguns meses do início daquela amizade, ele se lamentou com Larissa.

– Gunther bebe e se droga demais – disse.

– Não comece a julgá-lo – sugeriu ela. – Ele é diferente de você, tem necessidades diversas. Melhor descobrir como se deixar influenciar pelo que Gunther tem de melhor.

– O que Gunther tem que eu não tenho, na sua opinião? – Era uma pergunta mais curiosa do que agressiva, e a única palavra que veio à cabeça de Larissa foi *consciência*.

– Ele é mais consciente.

Leo pediu uma explicação, que ela não soube dar.

Houve duas ocasiões em especial nas quais Larissa teve a sensação de que Gunther sentia atração por ela.

A primeira vez aconteceu numa tarde, depois do almoço. Ela e o marido tinham se deitado num sofá e tentado um amor que já não consumavam há vários meses.

Gunther bateu na porta alguns instantes depois que Larissa tinha resolvido se entregar, por pura compaixão, a Leo.

Ela ajeitou os cabelos às pressas e procurou uma posição natural no sofá, cobrindo as pernas nuas com um cobertor.

Gunther fez seu ingresso com duas garrafas de vinho sob cada braço. Leo estava visivelmente constrangido, o que restava da ereção que aquela interrupção tinha murchado ainda pressionava suas calças.

Sem pensar muito, Gunther exclamou:

– Oh! Estavam transando? Desculpem...

Leo respondeu que não na mesma hora em que Larissa respondia que sim.

Gunther sorriu para os dois e, enquanto Leo se afastava para fechar a porta que seu amigo deixava sempre aberta, o descarado botou a língua para ela, olhando-a diretamente nos olhos.

A outra vez aconteceu alguns meses depois, no verão.

Larissa estava usando um top aberto nas costas. Caminhava no meio dos dois, indo em direção ao centro, onde Gunther tinha marcado encontro com outros amigos.

Primeiro sentiu sua mão na nuca. Não era raro surpreender Gunther no ato de acariciar as costas e os cabelos dos amigos com quem passava seu tempo.

A mão desceu pela espinha. E não parecia afeto, mas desejo. Quando começou a deslizar em direção às nádegas, Larissa se retirou discretamente e fez como se aquele contato tivesse nascido de um gesto involuntário. Era aquele o desejo que seu corpo reclamava, aquela veneração agressiva, só carne, só pele e umidade. E aquele era o desejo que Leo era incapaz de oferecer, pois os anos passados juntos tinham desidratado seus estremecimentos de paixão.

Na mesma noite, Larissa narrou o acontecido ao marido. Ele não acreditou.

– Não me considera capaz de despertar desejo nos outros – provocou ela.

Ele não respondeu.

– Nem em você – continuou ela.

Mais uma vez, ele escolheu o silêncio.

A resposta era claramente afirmativa e já fazia muito tempo que ela não se sentia mulher.

Nem sequer se lembrava de suas aventuras adolescentes, quando bastava um olhar para convidar ao amor, ou passar rebolando sobre os saltos altos para provocar ereções imperiosas.

Tinha perdido a consciência de sua feminilidade e jogava toda a responsabilidade em cima daquele casamento.

Acomodando-se na tranquilidade das coisas, tinha perdido o contato com sua natureza animal. O caráter pacato e muito convencional do marido só fazia induzi-la àquele processo de morte dos sentidos e do desejo que, naquela altura, só podia ser interrompido pela separação.

Maio foi o mês das separações.

Gunther e Leo brigaram por questões de política internacional. Enquanto Leo defendia a legitimidade do Hamas para bombardear o território de Israel, Gunther afirmava a inconsistência daquela posição. Discutiram a noite inteira diante de uma garrafa de absinto.

Depois daquele dia, os dois amigos não se telefonaram nem se viram mais, e Larissa perdeu contato com Gunther.

No final do mesmo mês, Larissa e Leo resolveram se divorciar. Foi uma separação civilizada e pacífica; nenhum dos dois odiava o outro ou o recriminava por culpas que, afinal, nem existiam. Casaram-se quando ambos tinham acabado de completar 18 anos e agora, com quase 25, viam suas estradas se separarem muito mais do que poderiam esperar. Por mais que acreditassem na verdade e na pureza de seu amor, tinham deslizado inexoravelmente para dentro de uma ferida lenta e invencível.

Na mesma noite da separação, Larissa encontrou um turista americano.

Um mês juntos e muitos mal-entendidos: botaram a culpa na diferença das línguas, mas era apenas desinteresse de um pelo outro.

Reencontrou Gunther, numa noite em que ela e o americano foram a Trastevere.

Contou-lhe que tinha se divorciado. Comentando que ela estava em ótima forma, Gunther segurou sua mão e a fez girar sobre si mesma. Estava bêbado.

Larissa enrubesceu até o colo, murmurou um obrigada e voltou a se sentar com seu amante americano.

18

Mais uma vez, achou que Gunther sentia atração por ela, mas não sentiu nenhum prazer com a ideia de corresponder àquela atração.

Tinham sido amigos e ele era o melhor amigo de Leo. Larissa nunca tinha enganado o marido, e a ideia de despertar aquele tipo de atração em seu ex-amigo lhe dava a impressão de traí-lo. Um sorriso fora do lugar daria a Gunther sabe-se lá que liberdades de pensamento, e não ia permitir uma coisa dessas.

Além do mais, não sentia realmente nenhuma atração por Gunther.

Depois do americano, vieram outros 16 homens.

Larissa sentia que finalmente recompensava a si mesma, reconquistando aquela paixão que acreditava ter perdido durante o casamento: se entregava com alegria e generosidade, e amava, amava de verdade, nem que fosse por uma ou duas noites, no máximo uma semana. Encontrava naquela liberdade do corpo o justo prêmio por todos aqueles anos de privação, anos em que ela mesma anulou seu desejo.

Se por um lado aquela promiscuidade preenchia alguns aspectos de sua natureza íntima, por outro, a necessidade de pertencimento pressionava sempre com maior insistência. Desejava uma relação mais autêntica, um amor pronto a compartilhar com ela alguma coisa que fosse além da pele.

Começou a exigir mais dos homens com quem se relacionava e conversava com eles sobre a angústia que a atormentava, incapaz de decidir se era melhor seguir a sua natureza libertina ou a sua índole burguesa. As repetidas rejeições que sofreu a fizeram murchar rapidamente.

Não conseguia mais escrever e comia muito pouco. Começou a beber alguns copos de vinho sozinha, mas em poucas semanas eles se transformaram em garrafas inteiras, bebidas durante a noite, enquanto tentava, munida de papel e lápis, acabar poesias começadas e nunca terminadas.

Vivia mergulhada na frustração artística, na angústia e na incapacidade de se reconhecer naquilo em que tinha se transformado.

Buscou consolo nos narcóticos e na cocaína, mas não encontrava nenhum espelho capaz de refleti-la.

As poesias interrompidas revelavam, mais do que qualquer outra coisa, o seu mal-estar. Em meados de novembro se jogou na cama num domingo à tarde e só saiu de lá na terça de manhã. Tinha perdido qualquer interesse pela vida, embora não tenha desejado a morte por um segundo sequer.

Aquilo que os outros consideravam niilismo, na sua experiência era apenas necessidade de se encontrar e, naquela situação, qualquer meio ou circunstância lhe pareciam oportunos.

Encontrou Gunther novamente nos primeiros dias de dezembro. Há algumas semanas, Larissa cultivava o hábito de almoçar no parque, olhando os gatos que formavam uma verdadeira colônia e pedindo estímulo e inspiração ao ar e às árvores, enquanto os felinos se perseguiam e apertavam algum pombo moribundo entre os dentes.

Larissa escondia o nariz sob uma capa branca. Em sua cabeça, imagens produzidas pelas drogas usadas na noite anterior continuavam a relampejar. O vinho esquentava seu sangue, mas era como se seu corpo estivesse mergulhado num pântano. Em pouco tempo, tinha perdido até a vontade de fazer amor.

Foi Gunther quem a viu primeiro. Trotou em sua direção, puxando um cão pela coleira.

Ela não foi capaz de explicar a si mesma o formigamento que sentiu nas mãos quando o viu. Sentiu-se inesperadamente feliz. Gunther também parecia sentir o mesmo contentamento e, fumando o resto de seu cigarro, se aproximou e se ajoelhou ao lado dela, que estava deitada na relva.

Aquele gesto, tão íntimo, fez com que se sentisse segura. Gunther percebeu na amiga uma tristeza que nunca tinha visto antes.

Sabia que era capaz de se lançar, de vez em quando, em precipícios de melancolia que velavam seus olhos, e sabia que um dos monstros mais atrozes da idade dela era a insatisfação. Gunther havia passado por aquilo e talvez aquela fase nunca tivesse realmente acabado para ele.

Larissa lhe contou tudo. Os homens que a rejeitavam, o álcool, as drogas, a aridez artística. Confessou que a infelicidade que a oprimia era muito diferente da que sentia quando estava com Leo.

– É uma partida comigo mesma, entende? Antes, éramos dois compartilhando insatisfações e frustrações. Agora estou sozinha, a responsabilidade é toda minha.

Era a primeira vez que formulava aqueles pensamentos em voz alta. De alguma forma, ela confiava em Gunther, pois sabia que ele não iria julgá-la.

Larissa sempre identificou Gunther como um sujeito autodestrutivo, e até os amigos comuns o descreviam assim: uma pessoa inconstante, em quem não se podia confiar. Mas ela sentia que, sob aquela casca espalhafatosa, se escondia um coração amoroso.

Ninguém melhor do que ele para entender aquele momento particular de sua vida.

Larissa sempre percebeu em si mesma uma força inata, capaz de lhe fornecer energia vital pura. Aquela fraqueza desconhecida, aquela incapacidade de encontrar um centro dentro de si mesma a irritava e fazia com que se sentisse inadequada.

Gunther só fazia concordar. Era a primeira vez que Larissa lhe falava tão longamente. Não a interrompeu. Acendeu quatro cigarros durante todo o seu desabafo, sorrindo solidário.

Eram um homem adulto e uma mocinha. Ouvia com paciência os pecados e as aflições dela. Todo empertigado, o cão olhava para os gatos que deslizavam furtivos e incomodativos pelo gramado atrás das grades.

Ficaram em silêncio por alguns minutos. Foi então que Gunther apagou seu milésimo cigarro na relva macia e, meio tímido, abraçou Larissa sem que ela esperasse.

Foi um abraço envolvente, que nada tinha de erótico.

Estavam muito próximos e ela sentia que o compreendia muito melhor do que antes, quando estava condicionada pelas opiniões de Leo.

– Consegui me livrar de todas as minhas dependências – exclamou ele com satisfação.

Ela o encarou com espanto.

Gunther explodiu numa daquelas risadas que pareciam fogos de artifício, relâmpagos de cor azulada que flamejavam em torno dele e enchiam o ar que, aos olhos de Larissa, já parecia menos cinzento.

Gunther convidou-a para sua festa de aniversário, no dia seguinte.

– É meu aniversário também! – disse ela e, sem se dar conta, começou a rir alto.

A risada retumbante dele uniu-se ao riso agudo dela e até o cão acabou envolvido na festa, latindo uma terna concordância.

No final da tarde do dia seguinte, antes que escurecesse, Gunther apareceu na casa de Larissa. Trazia três grandes sacolas de plástico de onde despontavam várias garrafas de destilados.

– À festa! – disse ele simplesmente.

Foi inútil explicar que não tinham combinado que a festa seria em sua casa. Mas ele parecia decidido e, ao vê-lo arrumando as bebidas sobre a mesa, Larissa não teve vontade de desapontá-lo.

Os convidados eram quase todos desconhecidos para Larissa, mas Gunther avisou a todos os amigos que ela também fazia aniversário naquele dia e, portanto, cada um teve o cuidado de beijá-la no rosto antes de desaparecer para comemorar com Gunther, já bêbado.

No fim da noitada, ficaram em quatro.

Ela, Gunther e duas amigas dele. Era evidente que as duas eram candidatas a passar o que restava da noite com ele. Uma ou outra ou talvez, quem sabe, as duas na mesma cama.

Gunther beijou primeiro uma; depois a outra. Estavam todos bêbados e o pudor não tinha sido convidado.

Gunther ria, divertido com aquelas duas moças à espera de um gesto que somente ele, como homem, podia fazer.

Larissa observava a cena. Considerava desanimador que coubesse apenas aos homens o papel de cortejadores ativos, enquanto as mulheres tinham de fingir que não estavam interessadas: tinham que se recusar, que fazer pouco do macho. Quanto mais as mulheres recusavam, pensava Larissa, mais traíam o desejo. Ela não era capaz de agir assim: a recusa, oferecida e aceita, a abatia. Muitas vezes, tinha aceitado propostas que não agradavam nem ao coração nem à carne, só porque dizer não a assustava, como uma ameaça de doença mortal. Perdeu-se em suas reflexões particulares e adormeceu no chão nu.

Acordou algumas horas depois, ao amanhecer, perturbada por uma fisgada nas costas. Gunther dormia a seu lado. Estava composto e tranquilo. Os olhos fechados pareciam prontos para se abrir de um momento para outro. Parecia quase uma criança, mas sua pele relaxada e inerte não pedia proteção, era antes um filho do universo, consciente, absorto na contemplação de sua natureza pura e não contaminada. Nenhum sinal das moças.

Larissa se mexeu devagar, temendo acordá-lo. Mas quando levantou a mão dele agarrou-a pelo pulso.

Ela se virou. Ele continuava de olhos fechados, mas sorria. Petrificada por aquele gesto, Larissa nem teve tempo de pensar.

Gunther agarrou-a pelos cabelos e beijou-a como se tivesse vontade de penetrar todo o seu corpo a partir da boca. Era um beijo devorador e Larissa se deixou devorar, tocar, apertar, enfim, se deixou amar.

Um amor desesperado, que gotejava sangue e suor, sangue por todo lado, o sangue menstrual dela, que não o deteve naquela corrida devastante e desatinada.

"Está furioso", pensou Larissa, enquanto Gunther se enfiava dentro dela.

Liberando voz e membros, empastados num sono alcoólico, Gunther e Larissa devolveram vida a seus sexos, inundados de energia, não a energia destrutiva que Larissa usava com seus outros amantes, nem a energia ansiosa com que o sexo de Gunther se misturava com as outras mulheres. A cada investida, a cada gemido, a cada mordida, algo crescia; como se uma agulha estivesse retrançando os fios de uma roupa desfeita: cada vez que a ponta do sexo de Gunther tocava o útero de Larissa, parecia que a roupa assumia uma forma mais definida, finalmente usável. Embora ambos pudessem jurar que tinham gozado com o sexo, nenhum dos dois podia ignorar que, sob aquela coberta, o significado daquele gozo corria o risco de ficar claro, como uma verdade finalmente revelada.

O que sobrou no dia seguinte, depois daquela fúria, foi um cobertor ensanguentado e dois beijos nas respectivas bochechas.

Gunther voltou para casa, levou o cachorro para passear no parque, subiu de novo e foi cuidar dos papagaios.

No meio da tarde, depois de arrumar o quarto, colocar a roupa na máquina de lavar, recolocar na parede o prego que tinha caído junto com o quadro que exibia a mais famosa pose de Karl Marx, sentou-se à mesa da cozinha. Serviu-se de vinho e começou a bebericar.

Levou um dedo à boca, roeu uma pelinha na base da unha. E foi lá que a encontrou, potente como álcool puro, queimando ao descer pela garganta. Foi lá que a encontrou, encaixada entre a unha e a carne. O cheiro dela, seu sangue, seus humores, suas fezes, grudados na pele desde a noite anterior. Gostou. Continuou a girar a pelinha infecta dentro da boca. Acalentou a ideia de amá-la mais uma vez e fantasiou com isso a noite inteira.

Larissa, do outro lado da cidade, examinava o cobertor ensanguentado e tinha medo de que o simples fato de tocá-lo e botá-lo para lavar desse realidade àquele encontro, que ela nunca quis que acontecesse. Lavar a sujeira significava aceitar a realidade do acontecido; portanto, deixou o cobertor exatamente onde estava e inventou uma fantasia tão inverossímil que até parecia possível. Alguém teve uma hemorragia nasal e ensopou o cobertor. Era isso que tinha acontecido.

"Nunca mais transaria com Gunther", pensou. E com aquele pensamento, arquivou o assunto.

Naquele mesmo instante, em outra cidade da Europa, George estava no portão 5 embarcando no voo para Roma. No bar do aeroporto, já tinha bebido dois uísques e derretido sob a língua três comprimidos de Valium.

Chegou à entrada do avião com uma sensação de atordoamento que invadia suas pernas e subia até o estômago, aquecendo-o.

Dessa vez não teria medo, sentia isso.

Sentou ao lado de uma mulher com os cabelos tão louros que pareciam brancos. Observou seus longos brincos dourados, que balançavam enquanto o avião deslizava sobre a pista. Mas quando alçou voo, a respiração de George se estancou. Tentou reencontrar as moléculas alcoólicas que naquele momento de pânico pareciam ter se evaporado. Tentou então relembrar como estava bêbado antes que a aeronave decolasse. Quando finalmente sua cabeça voltou a se encher de calor, George fechou os olhos e se descobriu sorrindo.

Pensava em seu amigo Gunther, naqueles anos em que estiveram separados. A pressa de reencontrá-lo era muito mais forte do que o medo de estar suspenso no ar.

Depois que fechou os olhos, o perfume de jasmim de sua vizinha invadiu suas narinas. De olhos fechados, pensou num jardim e na pele branca de uma mulher desconhecida. Adormeceu.

Dois

Era 1h35 da manhã quando George tomou a decisão. Sentado num café de Montmartre, esperava que o garçom viesse à sua mesa para recolher os copos vazios. Ficava espantado em ver como o vinho acabava depressa. Com o dedo dentro de um livro de poesias de Boris Vian, contemplou a fileira de taças de vidro que tinha diante de si.

Naquela noite, Paris era assaltada pelo vento e pela loucura.

Parecia que o fim do verão tinha deixado como herança a solidão coletiva que já experimentara. Quem se conformava com aquela solidão ficava sentado, orgulhoso e desconsolado, ao balcão de um bar ou num banco do metrô. Um guarda-chuva, um jornal, um livro na mão ou grandes fones de ouvido serviam para proteger da nostalgia.

Quem, ao contrário, vivia aquela solidão com ódio e furor se sentia enlouquecer e agredia os indivíduos do mundo saudável das mais diferentes formas. Berrando delírios à beira da calçada, defecando diante dos centros comerciais ou exibindo uma tristeza inaudita numa mesa de café, cercado de garrafas vazias de vinho e de pontas de cigarro apagadas com raiva no cinzeiro.

Bebendo sua quinta taça de vinho, George se perguntava a que categoria pertenceria ele. Aos resignados ou aos desesperados? Sabia que nunca teve as ideias muito claras, mas era exatamente aquela falta de clareza que mantinha um leque de possibilidades abertas para ele.

Dois meses antes, tinha visto o longo rabo de cavalo louro de Aurore sumir pela porta de casa. Foi a última vez em que a viu. As botas de borracha vermelha dela ainda estavam na entrada, exatamente onde ela as deixou quando voltaram para casa depois de uma noite de chuva e lágrimas.

George nunca amou Aurore e, na sua opinião, essa era a razão pela qual ela o amou muito mais do que podia. Não era difícil para ele admitir que estar com ela era uma maneira como outra qualquer de passar o tempo e diminuir a distância entre ele e os outros.

Mas nem sempre foi assim. Houve épocas em que amou sinceramente. Nem sempre foi tão obcecado pelos próprios medos, nunca como agora esteve tão atento aos abismos que de vez em quando se abriam como um leque, varrendo para longe os grãos de alegria que tentava recolher a cada dia.

Naquela noite em Montmartre, a poucos passos da casa onde vivia há pouco mais de dois anos, sentia que seu corpo tinha começado a se rebelar e a se preparar para uma nova fuga. Os sinais eram claros: os músculos tensos saltavam como molas sob sua pele, que suava bem mais do que a temperatura poderia justificar; o coração palpitava no peito encoberto por uma nuvem de ansiedade imotivada, mas mesmo assim invencível.

Fugir. Era o que sempre fazia quando tomava consciência de que seus olhos não conseguiam enxergar um palmo adiante do nariz.

Tinha retornado a Paris depois de um ano em Roma e, antes disso, seis meses em Berlim e antes ainda dois anos em Londres.

– É hora de voltar – ouviu da cartomante de piazza Vittorio, depois que ela abriu 14 cartas com os longos dedos ossudos cobertos de anéis.

George já havia percebido que era tempo de partir, antes mesmo que A Morte, O Carro e O Louco lhe revelassem seu destino. Não queria voltar para casa, em Paris, isso era certo. A única coisa que o ligava à cidade era sua mãe, e ela era a única razão pela qual não queria voltar.

Tinham se passado seis anos desde o acidente de sua mãe: autoestrada Marselha-Bordeaux, jogada para fora da pista por um caminhão que transportava frangos. O motorista do caminhão e várias dezenas de frangos tinham perdido a vida, e ela, o uso da palavra e das pernas. Desde então, passava os dias diante da janela de seu apartamento nos Champs-Élysées, lendo os clássicos, organizando e guardando fotos do álbum de família junto com a filha mais velha, Sylvie. A irmã de George vivia a sofrida e lenta, melancólica morte da mãe em simbiose com ela. Tinha renunciado à vida no mesmo instante em que a morte, ou sua eventualidade, tinha se debruçado de modo tão dramático sobre sua existência.

Aos 19 anos, George concluiu que era muito jovem para se deixar arrastar por aquela amarga aceitação da doença. Abandonou-as, abandonou as duas com sua dor e suas lembranças de um passado feliz.

Seis meses depois de ter deixado Paris, Sylvie conseguiu superar o rancor e começou a ligar para o irmão todo dia. E a cada ligação, perguntava quando voltaria sem deixar muito claro se estava falando de voltar para sempre ou só por alguns dias. Mas a resposta de George era sempre a mesma: "Logo", mas aquele logo nunca tinha chegado em seis anos.

A voz baixa de Sylvie, que soava como um lamento, era muito mais violenta do que qualquer acusação. Investia contra os medos de George de um jeito muito mais desesperado do que qualquer confronto direto.

Naqueles anos distante de casa, George tinha aprendido a ignorar os sentimentos de culpa e toda a dor que havia deixado para trás recorrendo a várias técnicas de dispersar a concentração.

Oficialmente, era um fotógrafo freelancer. Tirava fotos de passeatas, de trabalhadores estrangeiros nas fábricas, de intelectuais em conferências, enviando-as em seguida para as redações francesas. Vendê-las nunca foi problema. Antes de ficar muda e presa a uma cadeira de rodas, sua mãe era a mais respeitada jornalista de esquerda de Paris. Diretores de jornais e cronistas conheciam George desde que era um menino e, talvez por compaixão, talvez por um interesse real, nenhum deles tinha recusado uma reportagem sua até o momento.

Tinha começado a observar as pessoas no período em que vivia em Roma. Pelas ruazinhas estreitas de Monti e Trastevere, voltava os olhos para o alto, para as janelas iluminadas, que as cortinas mal escondiam. Observava mulheres nas varandas sussurrando ao telefone; homens sozinhos diante do fogão ocupados com algumas panelas, a televisão ligada; estudantes que bebiam nos sofás de couro gasto; cães à espera de seus donos.

Empregava uma técnica de revelação que tornava os rostos irreconhecíveis e dava a impressão de que aquelas figuras solitárias eram apenas pinturas nas paredes romanas. Espectros de uma cidade eterna e perdida, gloriosa e sozinha em seu esplendor. George também se sentia um fantasma. Deslizava sobre o calçamento de pedra da cidade deixando-se guiar pelas folhas das trepadeiras agarradas às paredes dos edifícios. Começava na altura do tronco e ia até o finalzinho das folhas, onde elas se encontravam com outras folhas, se misturavam e tinha início outra fachada.

Encontrou Gunther de noite, no Trastevere.

George estava esperando o ônibus num ponto ao lado de uma banca de flores; Gunther estava comprando tulipas amarelas. Tinha os cabelos arrepiados, como se estivesse sendo percorrido por descargas elétricas saídas diretamente dos olhos celestes. Pediu ao vendedor que embrulhasse as flores com papel branco. Tem que ser branco, repetiu, antes de se aproximar da mulher que esperava o ônibus junto com George e recitar:

Arrependimento não é para mim e me
apaixono por um rosto no metrô.
Não muito além do olhar, o corpo,
o que resta, um tudo,
um coração ardente, entre o sorriso e o esterno.

Em seguida, estendeu as flores para os braços da mulher de olhos cinzentos e espessas sobrancelhas negras contraídas; quando elas relaxaram e se fizeram acompanhar por um sorriso, seu rosto se transformou num jardim de primavera.

Gunther lhe disse que era linda. Ela sorriu de novo, com os braços segurando, incertos, o ramo de tulipas.

– Estão juntos? – perguntou Gunther a George.

– Não – respondeu ele, deixando escapar um sorriso.

Gunther pareceu satisfeito com a resposta e convidou a mulher para beber alguma coisa.

Ela disse que não.

– É bem ali em frente! – tentou persuadi-la.

Ela pensou por um instante, com uma expressão lisonjeada no rosto que, agora que Gunther tinha chamado sua atenção, George também achou muito bonito. Chegou o ônibus que a desconhecida não tinha intenção de perder.

Os dois ficaram olhando enquanto ela embarcava, caminhava pelo corredor com as pétalas das tulipas roçando os rostos dos outros passageiros. Quando sentou, mandou um beijo para Gunther com a mão. Ele continuou a sorrir até que o ônibus dobrasse na esquina.

Gunther se virou para George.

– E você, tem vontade? Vamos beber alguma coisa? Aceita?

Recusar o convite nem passou pela cabeça de George.

Começaram a se ver diariamente. Chegaram a dividir uma casa durante um longo período de quatro meses, até que os vizinhos começaram a reclamar dos papagaios, obrigando Gunther a se mudar. Na verdade, dividiam muitas coisas: noites de insônia, sentados até o amanhecer nos mármores de Gianicolo, falando de cinema e poesia, deles mesmos e do passado, sem nunca se referirem ao futuro, nem às amantes, mesmo as que compartilhavam, várias vezes desfrutando delas juntos para esquecê-las algumas noites depois.

Gunther seguia George em seus passeios sob os terraços romanos, e bastaram alguns dias para que abraçasse o projeto de seu amigo francês.

Passavam os dias pelas calçadas e parques, as noites em bares lotados onde Gunther conhecia todos e se mostrava aberto a todos.

Acabavam sempre na casa de alguém para beber, tomar um ácido ou transar.

Certa tarde de outono, George foi até a estação Termini e alugou um carro. Vinte minutos depois estava embaixo da casa de Gunther tocando o interfone:

– Vamos embora viajar – foi a única coisa que disse. Gunther desceu com uma bolsa enorme carregada de roupas enroladas, uma barraca de acampar e dezenas de CDs.

Os dois ignoravam completamente o motivo que os levou a fazer aquela viagem intempestiva, mas sabiam que era necessário que a fizessem juntos, pois, qualquer que fosse o motivo, precisavam enfrentá-lo, e talvez acabar com ele juntos.

Na primeira noite, pararam na região das termas de Saturnia, entre a Toscana e o Lácio. Lá, entre o marulho das cachoeiras e os cantos dos animais noturnos, George ficou conhecendo a íntima relação de Gunther com a natureza. Teve que admitir consigo mesmo que nunca tinha vivido o mundo da maneira como estava vivendo agora, com Gunther. Era o sacerdote das árvores, exímio conhecedor e amigo dos pássaros, conseguia seguir as pegadas de porcos-espinho, doninhas e gatos selvagens com um talento que somente os caçadores antigos de épocas perdidas podiam possuir.

George seguiu Gunther pelos bosques que circundavam aquela bacia termal encravada na pedra e depois passaram a noite inteira nas piscinas de água quente, concedendo-se apenas alguns minutos de sono. Foi num desses momentos hipnóticos que Gunther abriu os olhos, que pareciam raios entre as nuvens: tinha sido despertado pelo grito de um animal. Sacudiu George:

– Ouviu? Ouviu isso?

Saíram da água com a pele enrugada como testemunha da extrema paz que escorria em suas veias, uma magia indecente e absoluta. Apressados, vestiram as roupas pelo avesso.

Gunther seguiu o rastro do animal entre as árvores e moitas.

– Corra! – gemia em voz baixa. – Corra! Corra! – George tinha dificuldade para acompanhar seu passo. Gunther parecia um primata escalando dunas de terra, agarrado aos troncos, aos ramos, espinheiros, folhas, lama: para ele, não havia obstáculos.

Muitos minutos depois, George notou que o amigo estava descalço. Na densa escuridão, seus pés eram iluminados apenas por um finíssimo raio de luz. Os ferimentos, o sangue brilhava sobre sua pele branca.

George pensou nos unicórnios e foi assim que viu Gunther: um animal mitológico e real ao mesmo tempo, terreno e celestial, vulnerável e, em alguma parte, imortal. George não pensou antes de agir. Arrastado loucamente para dentro da natureza, finalmente reconciliado com o sentido das coisas, seu corpo se lançou contra o corpo de Gunther e ele o beijou, as costas lisas apoiadas contra a cortiça áspera e molhada. Abertos para as árvores e para a vida que luzia ao redor deles, selvagem como os animais que ouviam e espiavam distraídos aqueles dois homens, aqueles dois amigos, amaram-se como se a fusão de seus corpos brancos tivesse sido aconselhada pelas estrelas. Enquanto George enchia de calor as entranhas de Gunther, tiveram a impressão de que toda a natureza estava aplaudindo o acontecimento.

Jogaram-se contra as folhas e a lama, e riram quase sem voz.

Não falaram mais do assunto, mas não sentiam nenhuma vergonha, nenhum remorso. Continuaram a se beijar durante todo o mês seguinte, cada vez que tinham vontade.

Dirigiram-se para o norte da Itália, cruzaram os Alpes, costearam as praias do sul da França e depois resolveram ir ainda mais para o sul, em direção à Espanha.

Envolvidos pelo mormaço espanhol que perdurava no outono que já ia adiantado, dedicaram-se às drogas, esquecidos de si mesmos e do tempo, mas, ao mesmo tempo, completamente perdidos em si mesmos e no tempo.

Sob o Lúcifer negro em Madri, fumaram heroína obtida na casa de um grupo de estudantes bascos que conheceram numa tarde qualquer. Conheceram uma drogada de trancinhas ruivas que se despiu diante deles e pediu para ser possuída pelos dois, em turnos.

Em Barcelona, sob a tenda de um festival de música eletrônica, engoliram vários comprimidos de ácido.

George viu sua mãe.

Como diante de um fogo sagrado todos dançavam ao redor dela, rígida e melancólica em sua cadeira de rodas. Alguns botavam a língua e lambiam suas orelhas, outros se despiam, esfregando os seios em seu rosto, todos a tocavam e atormentavam seu corpo, rindo dela. Completamente atordoado, George não conseguia se mexer para salvá-la daquela violência.

Um rapaz magro com um boné com a inscrição "SEX" penetrou-a diante de seus olhos. George teve a impressão de que sentia a pele de sua mãe nas próprias mãos, que, no entanto, não a tocavam. O cheiro dela o cercava, parecia que uma mão enorme e pesada o empurrava para baixo. Afundava cada vez mais, cada vez mais rápido. Perdido dentro do pavimento negro, não viu mais a mãe, não via mais Gunther, não conseguia encontrar as próprias mãos, nem mesmo a cabeça, os cabelos. Era vento agora, era ar, cheio de uma alegria dilacerante e feroz.

Despertou depois de um tempo indefinido, ao lado dele Gunther roncava coberto de suor.

A camisa de George estava manchada com algo que parecia vômito. Cheirou, era mesmo vômito. Escapuliu da tenda e viu diante de si o letreiro vermelho de um posto de gasolina na beira da estrada. Os carros se perseguiam no asfalto quente. Reviu o rosto de sua mãe, mas dessa vez não era uma alucinação.

Escolheu entre as lembranças o seu rosto mais belo, aquele que venerava quando era menino: ela estava sentada com a testa franzida, pensando diante da máquina de escrever, pegava um cigarro do maço e fumava fazendo tilintar as dezenas de pulseiras em seu braço. Depois percebia sua presença e lhe dava um sorriso infinito que George nunca reencontrou em nenhum outro rosto.

Esticou as pernas, entrou no bar ao lado do posto de gasolina e enquanto bebericava um café bem quente, escreveu um bilhete: "Nunca esquecerei de você!"

Enfiou o bilhete no peito de Gunther, foi para a estrada e começou a andar. Andou quase uma hora. Pediu carona para um caminhoneiro que se chamava Amarillo e conseguiu chegar ao aeroporto mais próximo. Sete horas depois, estava em Paris.

E dois anos depois, ainda estava lá, em Montmartre, pensando sobre o telefonema de Gunther.

Não tinham se falado desde aquele dia no posto de gasolina de Barcelona, mas George sabia muito bem: Gunther era capaz de paixões fulminantes, que conseguia esquecer em poucas semanas, talvez poucos dias.

Nenhum dos dois tinha feito qualquer coisa para ser encontrado pelo outro.

Mas, naquela tarde, Gunther tinha ligado para George e os dois amigos conversaram como se os anos não tivessem se passado.

George pensou que sair de Paris por algumas semanas não ia ser nada mal.

Ainda não sabia que era uma nova fuga.

Três

I.
Esperma que para, pressiona contra a parede
esperma que não morre pai impotente
mãe mulher virgem ensanguenta macas cirúrgicas
"sua filha era imaculada".
Basta um speculum frio para romper infâncias adiadas.

II.
Nasço em dezembro à noite
nariz bochechas vermelhas.

III.
Visões antes das palavras.
Menina muda me dizem
menina pedra
marmórea nos vestidinhos lilás e branco
fujo dos meninos, prefiro os grandes.
Os espíritos são maiores que os grandes
prefiro os espíritos aos grandes.

IV.
Deus e eu estamos de acordo.
O padre na janela.

5h36. A única fonte luminosa provinha do exaustor sobre o fogão da cozinha. Nenhum sinal da lua.

Larissa jogou fora a garrafa vazia de vinho, preparou um café e foi procurar os cigarros.

Colocou a xícara e o cinzeiro na mesa ao lado do caderno, numa ordem maníaca que suas mãos inquietas procuravam, abriu o caderno e leu os poucos versos escritos.

O padre na janela. E daí?

E daí, amanhã.

Fechou o caderno, engoliu uma boa quantidade de café que queimou sua língua. Acendeu um cigarro.

Reabriu o caderno.

À parte um porre e alguns raros instantes de entusiasmo com uma ideia surgida ao acaso, sem reflexão, nada de bom tinha saído daquele trabalho. Passou a noite inteira se esforçando sobre a mesa da cozinha, escrevendo tudo que lhe viesse à cabeça, desde que escrevesse. Um propósito que, à medida que continuava, lhe parecia cada vez mais insano e inútil. Não encontrava o sentido das próprias palavras e, mesmo que houvesse algum, que sentido tinham todas as palavras? Estava usufruindo de quê? Que privilégios poderia obter desse esforço?

Impossibilitada de prosseguir, resolveu, enquanto bebia o último gole de café, que tinha que fazer exatamente aquilo: falar de seus limites, daquela insuficiência que a mantinha em suspenso, sem nenhuma possibilidade de solução à vista.

Conseguiria. Amanhã.

Foi para a sala e o lençol branco sobre o sofá refrescou sua pele acalorada. O que havia mudado? Era como se, no passado, a urgência de se colocar nas palavras fosse tão forte e imprescindível que não deixava espaço para dúvidas. Mas agora não sentia mais aquela urgência e, mesmo quando ela chegava a pressionar, não conseguia botá-la no papel.

A poesia não estava mais disposta a curá-la.

Ia escrever sobre seu fracasso.

Amanhã, porém.

Também a casa, vazia e silenciosa, ameaçava sua integridade. Aquela sensação de vazio tinha escavado buracos a seu redor, largos abismos que a tragariam não sabia para onde assim que se aproximasse.

Arrastou-se até o banheiro e o que viu foram seus pequenos olhos inchados com olheiras escuras, sua pele avermelhada e marcada, seus lábios contraídos que cheiravam a amargura. Escovou os dentes.

Depois de Leo, muitos homens encontraram abrigo em sua cama. Homens que acabaram ali por acaso, desespero, solidão ou curiosidade, mas nenhum deles ficou mais de sete dias. Todos se comportavam como aqueles gatos que, para demonstrar gratidão pelo amor recebido, traziam pequenos animais caçados e mortos por puro divertimento: quase todos deixavam traços de sua passagem, cuecas, roupas, escovas de dentes e barbeadores, testemunhos daquela forma de ilusão que era agora o alimento de Larissa.

Não havia necessidades ou exigências. Queimavam a paixão em poucos dias e se separavam sem palavras nem lágrimas, guiados por um percurso tão natural quanto indolor.

Deu uma olhada na última escova de dentes: lá estava ela, vertical e desolada no meio das outras órfãs, as cerdas gastas.

Larissa sabia a quem pertencia. As outras já não tinham sequer um nome.

Na distância de tempo que separava a chegada de Gaetano de seu abandono, Larissa tinha se dedicado a uma nova prática que talvez escondesse o temor, depois confirmado, de nunca mais possuir de verdade aquele homem que seria objeto de um prazer desconhecido. Sua urina na boca dele, em seu peito, como um felino que conquista territórios.

Ela o amou e sua ausência reclamava um amor que Larissa pensava que não precisava mais. Aplicou uma argamassa de má qualidade sobre as fendas abertas pela partida, pelo abandono. Sabia que era a melhor maneira de se perder, mas também era a única de sobreviver.

Encheu seu corpo de desespero.

As pernas, que a necessidade de resistir mantinha firmes. Resistir dobradas, resistir estendidas. Os quadris ansiosos, que admitiam um pertencimento total à vida e depois à morte, erguiam-se para lutar, embalavam-se para a frente e para trás quando o fim estava próximo.

Fechava os olhos, encovados na parede branca do rosto, para negar a própria existência, mas quando os reabria tinha vomitado todo o desespero para fora.

Suas mãos agarravam, apertavam, golpeavam, acorrentavam outras mãos. Sentia uma força suprema partir de seus pulsos finos até as unhas, que apertavam e arranhavam peles desconhecidas.

Depois o desespero se fechava, explodia e se fechava, num gozo que se dobrava e morria em sua vulva, murchando em sua própria raiz em poucos segundos.

E o desespero continuava lá.

Um corpo estendido ao lado do seu, desesperado, desesperados os cheiros sobre a cama.

"Está furioso", foi o que pensou enquanto transava com Gunther.

A seu lado, não tinha percebido qualquer indício de separação.

Pela primeira vez, entre tantos amantes, tinha encontrado um espelho. Uma correspondência, uma fusão de altruísmo e egoísmo, ausência e presença. Larissa não tinha pensado sequer por um momento no sexo nem no amor, flutuando num além que nada tinha de extático nem de espiritual. Estava sozinha, como sempre se sentia, no entanto estava com ele, cuja força conseguia perceber, veia contra veia.

Todos se debruçaram para olhar: Leo, Gaetano, o americano, todos ali, todos sumidos, todos abandonados.

Seria a mesma coisa com Gunther, pensou enquanto ele soprava para dentro dela o esperma quente que tinha gelado seu sangue, e aquele pensamento se cravou entre suas costelas e o esterno, onde secretamente esperava não ter que perder Gunther.

Quando ele tinha ido embora na manhã seguinte, deixou-a numa crise de gastrite nervosa.

Era o que acontecia toda vez que tinha relações sem ter realmente vontade, toda vez que usava o sexo como arma contra si mesma, escudo para se proteger dos outros. Sua barriga inchava, cheia de pensamentos viciados que se recolhiam entre o esôfago e o estômago e estagnavam os canais, nuvens negras se condensavam ali, liberando temporariamente a mente e protegendo o coração.

Tocou-a: era pedra duríssima.

A coberta ensanguentada jazia no chão como testemunha daquele erro. Nem a roçou, temendo se enganar mais uma vez.

Seu primeiro pensamento foi para Leo.

Não queria ferir seu ex-marido, jamais pensou em qualquer forma de vingança ou revanche contra ele.

Tinham falado de Gunther algumas noites antes da separação. Com romances estrangeiros sob os olhos, cobertos pelo lençol, ela tinha acabado de ler a palavra "camicase" e lembrado da briga dos dois.

– Não sente falta de Gunther? – perguntou então.

E ele suspirou.

– Não.

– Realmente não fica chateado de perder um amigo por questões de política internacional? Realmente, Leo?

Larissa se aproveitou do silêncio que ele escolheu como resposta para jogar todas as suas frustrações em cima dele.

– Você sempre faz isso. Coloca sempre os outros, os desconhecidos, os ideais, tudo acima de quem o ama.

Ele largou o livro na cama: *Z, a Orgia do Poder* era o título na capa.

Tinha suspirado de novo.

– Não estou com vontade de falar disso agora – respondeu ele num tom que soava como uma conclusão.

– Eu sei. *Z, a Orgia do Poder* vem primeiro que Gunther, primeiro que eu, primeiro que nós. Já sei, é óbvio, está tudo muito claro.

Larissa pegou de volta o romance e fingia ler.

Dois minutos depois, Leo viu o romance de sua mulher sair voando da cama e cair no chão com um baque surdo, definitivo.

– Maluca – disse ele, sem tirar os olhos das linhas transbordantes de compromisso político.

E ela ouviu sua própria voz gelada pedindo pela última vez a mesma coisa que vinha propondo ao marido há vários anos.

– Mais do que tudo no mundo, quero ter um filho.

A resposta dele foi a mesma de sempre: expirou longamente e negou.

Mesmo cansada, Larissa perseguia os seus desejos. Tinha a impressão de que quanto mais os perseguia, mais eles aumentavam de tamanho, cresciam com os anos e com a impossibilidade de realizá-los.

A argumentação de seu marido era clara, mas completamente absurda.

– Já somos muitos no mundo – defendia ele. – Colocar um ser humano na terra é destinar o planeta à morte definitiva.

Ela considerava extremamente ofensivo juntar a vida e a morte daquela maneira. O nascimento de um comprometia a vida de mil outros? Seria mesmo assim? No entanto, para aplacar suas ânsias maternais e seu rancor em relação a Leo, Larissa começou pouco a pouco a concordar, a compreender os argumentos de Leo, a engoli-los como se fossem caramelos.

Quando se deu conta de que renunciar às próprias necessidades era um trabalho muito mais difícil do que ir à luta por aquela história, resolveu explicar a Leo que o tempo dos dois juntos tinha chegado ao fim. E ele concordou.

Gunther era o seu passado. Pertencia a um período da vida de Larissa que ela não renegava, pelo qual sentia até certa afeição, mas do qual pretendia se desembaraçar da maneira mais rápida possível, sem dor.

Foi para a cama.

Ordenou aos olhos que se fechassem, cerrando as pálpebras com força, e imaginou linhas verticais nos cantos dos olhos. Não podia deixar que seu corpo fizesse o que ela se recusava a fazer. Era o seu corpo, afinal, tinha que responder às suas exigências. Mas ele parecia se distribuir pelo mundo a seu bel-prazer, ignorando suas solicitações.

Larissa queria dormir, mas seu corpo não.

E mais uma vez, ela o seguiu.

Voltou para a cozinha, reabriu o caderno.

E aqueles versos inúteis continuavam ali, diante dela! Pela porta da sala de jantar entrevia um pedaço da coberta.

Sentia-se sitiada, agredida pelas paredes, pelas flores sobre a mesa, pelo som dos bongôs africanos que entrava pela janela e abafava o ar como lã.

Preferia perder Gunther a continuar a se dilacerar.

Ligou para Gaetano, e se sentiu diminuída, pequena, desesperadamente pequena quando disse:

– Estou com vontade de trepar – aceitando o sim dele, que afinal soou muito mais brutal do que o não que esperava ouvir.

Dormiu 15 horas seguidas.

Quatro

– E... o sentido de tempo. Se o tempo tivesse o mesmo sentido para todos, todos ganhariam sentido. Por isso, o que vieram fazer aqui? Podem me julgar e me matar. A pretensa inocência de vocês não tem nada a ver comigo.

– Gunther – chamou alguém. – Gunther!

Era aquele amigo alemão, o tal que usava chapéus ridículos.

Pronunciava bem o seu nome, com um sotaque perfeito.

– Gunther... – continuou ele.

– Oi! – respondeu Gunther. – Diga lá.

– O que está fazendo na frente do espelho, Gunther?

– Estou me espelhando.

– E por que está falando diante do espelho, Gunther?

– Estou falando comigo.

O amigo da Alemanha não entendia mais nada.

– Johannes – disse Gunther –, porque não pega uma Vodka Lemon para mim? Vamos, uma Vodka Lemon!

Johannes pagou a Vodka Lemon.

Em sua varanda, Gunther tinha um viveiro. E dentro dele, cinquenta papagaios. Em seu quarto, na cozinha e na sala de jantar, vinte filhotes moravam em pequenas caixas de madeira.

– Você não quer um dos meus papagaios, Johannes? – perguntou.

Estavam sentados numa mesa no centro do salão. Johannes atrapalhava a vista: uma loura com o rosto anguloso sentada com mais três louras que nenhum dos dois conseguia ver.

— E o que vou fazer com o papagaio?

— Ora, Johannes... o que vai fazer com o papagaio... botar no ombro, brincar com ele, dar de comer, deixar voar pela sala fazendo cocô por todo lado; é isso que se faz com um papagaio, meu irmão.

A dose de Vodka Lemon dentro do copo de Gunther acabou. Ia ter que pedir mais uma ao amigo. Mais um drinque de oito euros ou um papagaio de 250. Precisava resolver quais eram as suas prioridades.

— Johannes... ei... Johannes. E aí? Tá olhando o quê? — Esticando o pescoço, Johannes estava sorrindo para a loura. — E então, meu irmão, que tal outra Vodka Lemon?

— Focê feio para cá sem tinheiro?

— Ah, não sabe o que me aconteceu! Vim de táxi, conversando com o motorista, e na hora de saltar resolvi lhe dar um cartão de visita, que estava na carteira. E acabei esquecendo no banco. A carteira, entendeu?

— E o que fai fazer sem carteira? Fai na polizai tar queixa!

— Polizai... Claro, polizai. Cruzes, Johannes, faz seis anos que está aqui em Roma e ainda não conseguiu aprender italiano?

— Eu conheço italiano, Gunther.

— Puta que o pariu, tinha meio grama de pó na carteira, Johannes, não posso dar queixa.

— Focê não tinha largado a cocaína?

— Do que você está falando, Johannes?

— Não tinha largado a cocaína de fez?

— Claro, na verdade aquele papelote já estava lá há meses. Um suvenir, Johannes, um suvenir.

– Então não vai dar queixa?

– Pois é, não posso dar queixa.

Gunther olhou para a cabeça do amigo. Um chapéu-coco preto com uma fita vermelha arrematada por uma flor branca. Caiu na gargalhada e Johannes pareceu magoado.

Gunther foi ao banheiro. Quando passou pelo balcão, cumprimentou um grupo de cinco pessoas conhecidas e conheceu uma sexta que estava com eles. Uma mulher robusta e encaracolada, de grandes olhos amendoados. Nada mal, pensou Gunther, mas assim que cruzou a porta do banheiro já tinha esquecido dela.

Enquanto abria a braguilha pensou que seria divertido fazer uma aposta: se acertasse o alvo, faria amor novamente com Larissa, se molhasse a tampa da privada, não ia revê-la nunca mais.

Fechou os olhos.

Ouviu a urina mergulhar na água da privada. Sorriu.

Reabriu os olhos e notou com satisfação que a tampa estava limpa.

Olhou-se no espelho, franziu as sobrancelhas, arregalou e fechou os olhos.

Como estou?

Estou ótimo!

Sou um tesão.

Tirou os óculos escuros do bolso do paletó e ajeitou no rosto.

Sim, sou mesmo um tesão!

– Gunther, a Vodka Lemon está na mesa há mais de meia hora.

Gunther suspirou:

– Pô, Johannes, cacete! Cada vez que estou no banheiro, meu irmão...

Johannes deu de ombros.

– Quer ouvir minha poesia, Johannes?

Ele deu de ombros novamente.

– Que merda, Johannes, você é um saco.

Gunther pensou em George. Com ele era diferente. Com ele era fácil ser ele mesmo e não sentir medo algum. George tinha o poder de acompanhá-lo sem imitá-lo, de segui-lo mantendo sempre caminhos separados, que só se encontravam nos momentos em que os dois sentiam necessidade de ficar juntos.

– George! Caraaalhogeorge! O George!... Estou com um problema, Johannes, um problemão.

Suas mãos não paravam quietas, ficavam abrindo e fechando as torneiras da pia.

– O que houve? – perguntou Johannes encostado na moldura da porta, sem intimidade com aqueles ataques de ansiedade.

De certa maneira, Gunther se divertia vendo o amigo alemão tão perturbado. Exagerou o xilique.

– Ai meu Deus, Johannes... minha nossa... uma coisa horrível, muito grave mesmo.

– Se é por causa da carteira, não há mais nada a fazer. Quem sabe o taxista cheira a cocaína.

– Tchau, Johannes, a gente se vê por aí.

Johannes não era um homem que se pudesse enfrentar. Ficou observando Gunther sair do bar seguido por dezenas de olhos curiosos.

Gunther parou um táxi colocando-se no meio do viale Trastevere. Chegaram ao aeroporto de Fiumicino em menos de meia hora, deslizando sobre as estradas noturnas da GRA, a grande perimetral de Roma.

Abriu a carteira. Como sempre, Johannes tinha caído na dele. Sua última nota era amarela: quinhentos euros.

O taxista perguntou se não tinha menor.

– Não tenho, amigo... Dá para me esperar aqui? Só vou entrar, pegar uma pessoa e voltar para Roma. Assim, pago tudo de uma vez.

O motorista concordou.

Gunther saiu correndo do carro e voou em direção ao desembarque internacional. A ponta do impermeável ficou presa no vidro da porta automática.

Putaquemepariu!

De quem são esses cabelos? São meus!

Em seguida, um pé na frente do outro e depois o bar.

– Uma dose, só uma – disse.

O álcool deslizou pela língua, queimou a garganta.

Uma gota do copo caiu em cima de seu dedo.

O sangue de Larissa, da noite anterior, ainda ali. Gunther sugou tudo o que tinha sobrado entre as dobras sutis de seu dedo.

Diante do portão de desembarque, começou a mover as mãos, escandindo o ritmo dos versos que turbilhonavam em sua cabeça.

....

....

...

....

....

....

?

!

:-)

:-D

Sim.

Quando George viu o amigo teve que se segurar para não dar meia-volta, entrar de novo no avião e voltar para casa. Estava se sentindo empoeirado, como se tivesse envelhecido rapidamente.

– O que está fazendo, Gunther? – perguntou a voz de George às suas costas.

– Estou escrevendo uma poesia, meu amigo – respondeu Gunther sem se virar.

George circum-navegou seu corpo e se reencontraram face a face.

– George e eu... – disse Gunther.

George e eu, pensou Gunther, era uma ótima frase para se dizer, uma bela coisa para sentir por dentro.

George e ele, Gunther, ali, no aeroporto Leonardo da Vinci, com 490 euros no bolso, os cabelos de Gunther parecendo uma revoada de andorinhas, o amigo recém-aterrissado de Paris, cheirando a uísque e medo, que dizia "Gunther" com o erre dobrado, os cabelos encaracolados, louros e longos, os olhos verdes, o corpo flexível, longo, seco e branco como um Cristo.

Mais uma vez, Gunther se sentiu atraído, como naquela noite em Trastevere quando o viu esperando o ônibus.

– Tinha me esquecido do seu jeito de fazer poesia – disse George sorrindo.

Gunther foi com ele até o táxi e tratou de apresentá-lo ao motorista:

– Viu, voltei! Esse é o George.

O taxista respondeu:

– Leoncio, com "c", mas vocês italianos têm que pronunciar como um "s".

Gunther e George riram alto enquanto abaixavam os vidros, por causa do calor que não tinha nada a ver com a estação.

O táxi deixou-os onde Gunther tinha deixado Johannes. Viu o chapéu-coco antes mesmo de atravessar a rua. Ele balançava, concentrado numa conversa com alguém e não viu os dois, que deslizaram rapidamente para o banheiro.

Gunther fechou a porta à chave, enfiou a mão no bolso das calças e tirou uma folha branca dobrada em quatro. Abriu e a cocaína estava lá.

Esticou duas fileiras na pia, cobrindo a marca CESAME.

– É para você – disse a George, que se inclinou e aspirou todo o pó.

– E você, nada? – perguntou depois a Gunther, com uma coceira que anestesiou seu nariz.

Gunther fez um gesto seco e definitivo com as mãos.

– Já faz um tempo que dei meu último adeus ao pó.

Diante do balcão, cumprimentou os mesmos amigos de um pouco antes e apresentou George a todos. Havia uma moça nova, diziam que era sueca, falava inglês. Gunther pediu ao amigo francês que traduzisse para ele, mas George se envolveu na conversa e acabou descolando um convite para jantar, só para ele. Para Gunther, estava bom assim também.

George tinha os olhos enfossados e o rosto encovado. Gunther acariciou seus cabelos.

– Vou apresentá-lo a um doido – disse, convidando-se para sentar ao lado de Johannes. Os dois não tinham nada para dizer um ao outro, mas às vezes sorriam cúmplices, enquanto Gunther tentava agradar a lourinha de rosto anguloso.

Voltaram para casa às sete da manhã. Às oito, Gunther estava nu na varanda enchendo as tigelas dos papagaios de cereais.

Foi para a cozinha, folheou as primeiras páginas de uma edição do *l'Unità* do ano anterior, sentou-se à mesa de jantar na qual não jantava há anos, fez um café, bebeu, abriu o armário esperando encontrar ovos, achou vinho, abriu e bebeu meio copo, fez xixi e dormiu novamente com o celular na mão, na tela as primeiras palavras de uma mensagem de texto que não tinha conseguido terminar: "Sabe, quando lhe digo quê."

Acordou de repente, menos de uma hora depois, despertado por um sonho em que Larissa e George, completamente nus, cavalgavam um camelo no deserto.

Aproveitando o intervalo no sono, a imagem de uma loura desconhecida veio sugerir um desejo a Gunther.

Ele se masturbou.

E voltou a dormir.

Numa cama grande e vazia Larissa pensava que depois de Leo nenhum outro poderia cumprir os deveres de namorado, nem desempenhar o papel de amante melhor do que o último homem que tinha abandonado a escova de dentes em seu banheiro, Gaetano. A castidade não combinava com ela e a promiscuidade parecia ser o único caminho possível. Tinha ficado presa numa corrente de infinitas e constantes negações: quem lhe dava amor, negava o desejo; quem permitia que mergulhasse no desejo, negava amor. Com Gunther, pensou, não tinha sido nem amor nem desejo. Concluiu que o tédio o tinha colocado entre suas pernas, o roteiro repetido de um argumento ridículo.

Alisou os lençóis escuros, buscou abrigo no sono. Pensaria nesse assunto amanhã.

George tinha acabado de adormecer, quando os papagaios mostraram que estavam bem acordados; um ônibus parou embaixo de sua janela, as portas se abriram, os passageiros desceram. Tinha a impressão de que cada passo era dado diretamente em cima de sua cabeça. Apertou o travesseiro contra a cabeleira densa e encaracolada. Há um tempo que quase tudo o irritava: a campainha do telefone, o aviso de e-mail recebido, as frases partidas que entreouvia pela rua, a música do rádio no carro, os rostos desconhecidos e também os conhecidos.

Tinha acontecido o mesmo com Gunther. Na austeridade esgotante de seu cotidiano parisiense, esperou aquele encontro por uma semana inteira. Desejou perder-se nas palavras cegas de Gunther, nas noites de loucura, afogar-se num mar de carne humana estúpida e insensata, recheada de substâncias químicas, pingando álcool. Depois de dois anos de solidão confortada por desprezíveis sementes de afeto, que não perturbaram e sequer comoveram, George sentia uma inesperada e inalienável irritação até contra Gunther. Talvez não estivesse pronto para a explosão de suas palavras e de suas risadas, para seu passo de centauro, como se as pernas quisessem devorar o caminho. Não estava pronto para a vida, George.

Decidiu que sua permanência não ia durar mais do que uns dois dias. Queria silêncio.

Pegou no sono.

Cinco

Desde que Larissa se separou de Leo, sua mãe lhe telefonava todo dia para saber de seu estado de saúde. Dizia que não a via em plena forma.

– Não está nem me vendo, mamãe – respondia Larissa.

Mas ela argumentava que era sua mãe e que não precisava vê-la para saber que estava mal.

– Não estou mal.

– Está definhando. Ficou feia – sentenciava ela.

E cada telefonema acabava em briga, e já fazia sete meses que Larissa se recusava a encontrar a mãe. Ela colocaria a mão em seus cabelos, pensava Larissa quando imaginava o encontro, só para dizer que estavam sem vida. "E essas espinhas? Não está cuidando de sua pele como deveria." Era exatamente isso que diria.

Eram oito e meia da manhã e Larissa só tinha conseguido pegar no sono algumas horas antes. Esticou a mão para o telefone que, na mesinha de cabeceira, tocava há um bom tempo.

– O que houve, mamãe?

– Por que não abre a porta? Estou tocando há vinte minutos, onde você está?

Logo em seguida, a viu entrar em seu apartamento inundado de luz.

Os quartos ainda estavam ocupados pelos restos da festa de aniversário organizada por Gunther.

Até a coberta ensanguentada estava lá.

Larissa ouviu os saltos da mãe agredindo o piso do corredor. Quando olhou para ela, estava de costas, aquelas costas maternas que odiava, tão retas e tesas que tinha vontade de quebrá-las. Exibia uma segurança que Larissa sabia que não lhe pertencia de fato: aquelas costas representavam apenas a ideia que sua mãe fazia de si mesma. Eram duas identidades distintas, sua mãe e sua espinha dorsal, vértebras que sustentavam um arcabouço mole e frágil.

– O que quer? – perguntou.

A outra se virou bruscamente.

– Dar um alô – disse, e prosseguiu em direção à sala. Parou na porta e deu um grito. Larissa interceptou a direção de seu olhar, pousado na coberta ensanguentada.

– Alguém que quebrou o nariz – explicou.

A mãe acreditou, mas quis saber como tinha sido. Larissa inventou uma história inverossímil, mas ela não estava mais ouvindo. Viu a mãe se enfiar na cozinha e ficou olhando em silêncio, enquanto ela revistava os potes de vidro colocados nas prateleiras. Pegou o vidro de café e encheu a cafeteira. Acendeu um cigarro, foi até a mesa e abriu o caderno de Larissa. Começou a ler os primeiros versos, e diante da palavra *mãe* seus olhos se suavizaram, voltados para baixo, e se encheram de lágrimas.

– O que houve agora? – perguntou Larissa.

A mãe olhou para ela com doçura e os pensamentos que atravessavam seus olhos ficaram claros.

– Olhe, não estou gostando nada do que está pensando – disse Larissa.

– Por quê, o que estou pensando?

Larissa se sentiu perturbada. Não usou de gentileza ou ternura.

– Não escrevi isso porque a amo e não sei viver sem você. Porra, mãe... puta que pariu.

Ficaram as duas em silêncio.

Larissa se sentiu no direito de continuar.

– Está nas minhas poesias por uma única razão. Na verdade, não aguento mais você. Nunca aguentei, aliás. É chata e invasiva, egoísta, ávida de afeto e... liga, aparece aqui... quer saber, chega!

Viu a mãe se sentar. Queria continuar, afundar o punhal até o fim. Ou talvez pegar uma cadeira e arrebentar contra a parede. Fazer com que ficasse com medo, fugisse.

– Está vendo? Sabia que não estava bem. Por que não conversa com a minha psicóloga? Ela é excelente. Além do mais, agora que não está mais com Leo, por que não sai daqui e vem morar comigo? Ou prefere que eu venha para cá? A casa é grande, tem espaço para nós duas – disse, olhando para ela com a mesma falsa segurança que usava em seu jeito de andar.

Larissa olhou para as próprias mãos, depois procurou com os olhos algum objeto próximo: um vaso de cristal cheio de água até a metade. Dentro dele, flores do campo.

Agarrou-o e o jogou no chão. O vidro era espesso, não estraçalhou, mas o barulho foi forte e o vaso partiu em alguns pedaços.

Sua mãe deu um pulo na cadeira e gritou o nome da filha.

Larissa correu para o fogão, onde o café jorrava para todo lado.

Mas a mãe chegou junto dela e abraçou-a pelas costas, violentamente, repetindo:

– Só eu posso ajudá-la, só eu posso amá-la, só eu amo você, os outros nunca vão amá-la.

Larissa reviveu alguns instantes das tardes de sua infância, em que apoiava a cabeça de sua mãe em suas pernas de menina e ordenava que ela bebesse o leite através de uma caneta esferográfica. Ela bebia e ficava com os lábios sujos de tinta.

"Agora, durma", dizia Larissa e cantava alguma canção balançando suavemente os joelhos. Quando a mãe adormecia, ela corria para a sacada, ficava observando as pessoas e se perguntava qual seria o nome de cada uma delas, para onde estariam indo, que trabalho fariam. Com os braços secos e brancos além da grade, imaginava o próprio corpo estendido lá embaixo, sangue ao redor da cabeça, músculos mortos. A mãe não saberia imediatamente de sua morte, pois estava dormindo. Sua tia, que passava toda tarde e parava embaixo da sacada para cumprimentá-la, a encontraria lá, chamaria a irmã e depois viriam a ambulância e o salvamento. E se sua tia não aparecesse naquele dia? Tinha confiança suficiente nos transeuntes? Notariam o seu corpo imóvel sobre o asfalto? Ou continuariam seus caminhos, pisoteando-a, certos de que estava morta e sem nenhum interesse em acudir um cadáver.

Depois a tia chegava de verdade e acenava lá de baixo. "Mamãe está dormindo", dizia ela, e voltava para dentro, pois já era a hora dos desenhos animados.

De sua infância, não recordava nada além daquelas tardes preguiçosas entre visões, desenhos japoneses e mães-meninas. E recordava também a frase: "Os outros nunca vão amá-la."

Cresceu com aquela convicção, durante anos acreditou sinceramente que ninguém a amaria e que o mundo inteiro estava pronto para feri-la. Larissa foi se afastando cada vez mais de sua mãe, convencida de que era responsável por seu desequilíbrio afetivo, pelo seu mal-estar.

– Vá embora – sussurrou.

Mas a mãe não pretendia deixar a casa. Larissa a empurrou para fora. Arranharam braços e pernas nas paredes e Larissa chutou a mãe porta afora. Ela gritava e se debatia, cobria a filha de insultos e batia as mãos no ar, tentando atingi-la.

57

Larissa conseguiu arrastá-la até o hall, correu de volta para casa e bateu a porta diante de sua cara furiosa. Ficou ouvindo atrás da porta: a mãe continuava dando pontapés e xingando.

Voltou à cozinha e arrancou todas as folhas do caderno. Sua garganta queimava, braços e pernas sofriam com todo aquele esforço nervoso.

Se não fosse a mãe, teria conseguido colocar os pensamentos em ordem naquele dia. Recolocar Gunther no lugar onde estava antes, no depósito das lembranças junto com os outros homens que pretendia deixar para trás e reunir todos numa sala da memória protegida por portas de ferro e paredes de borracha.

Teria escrito alguma coisa absolutamente sensacional, se não fosse a mãe. Talvez tivesse resolvido parar com o vinho e com a coca no mesmo dia. Teria feito grandes coisas, dado passos enormes, grandes revoluções naquele dia.

O trabalho estava parado. Na despensa havia apenas o necessário para uma semana ou pouco mais.

Seus gatos esfomeados reclamavam comida.

Não tinha nada para eles. Procurou uma latinha de atum, duas asinhas de frango, mas a despensa estava vazia e na geladeira só algumas cervejas, duas latinhas de xarope de laranja-amarga e meio limão seco tinham conseguido sobreviver. Os gatos continuaram a chorar por alguns minutos e depois se acalmaram, conscientes de que ela também se encontrava na mesma situação.

Olhou ao redor. Ficou se perguntando o que daria mais trabalho, arrumar o apartamento depois da festa ou tomar um banho, se vestir e descer, ir até o supermercado e comprar alguma coisa para matar a fome, sua e a dos gatos, com os últimos trocados que tinha. Não conseguiu decidir.

Tirou do armário uma caixa branca de papelão, a sua caixa mágica.

Pegou o baralho de Marselha, embaralhou as cartas sete vezes, estendeu-as com uma só mão na mesa e escolheu sete delas.

Quatro cartas de espadas e, ao lado do Carro, O Diabo e A Justiça. Convidavam-na a ficar em casa, mas examinando suas mãos percebeu a enorme energia de que estavam impregnadas, ainda carregadas com o calor da pele de sua mãe, que certamente não traria nada de bom.

Incapaz de governar os números, resolveu que os dados seriam mais confiáveis.

Jogou cinco dados, que rolaram na mesa e caíram todos no número cinco. "Um número demoníaco", pensou Larissa, "satânico". O cinco é tentacular, arruína a estabilidade do quatro que o precede: os dedos da mão e do pé são cinco e sempre viu os dedos como elementos alheios ao ser humano, excessivamente imprevisíveis e dotados de articulações complexas e inquietantes, vermiformes. Tinha que permanecer em casa, fora poderia acontecer alguma coisa. Teve medo daquele pensamento e para descarregar a ansiedade e o tédio começou a limpar de modo selvagem todas as prateleiras da casa e a lavar os pisos: encheu três enormes sacos de lixo. Ligou o rádio, com o volume ao máximo.

Transformou-se numa máquina, um robô sem fome, sem sono, sem razão, sem desejo.

Continuar ao infinito, esfregar, esfregar, esfregar, esfregar esfregar esfregar.

Seis

– Conhece a história do pássaro cuco? Não? Vou lhe contar. Deixe eu servir uma dosezinha de rum... sim, sei que ainda não é nem meio-dia, mas, desculpe, ontem eu e você superaprontamos. Preciso reequilibrar a química, calibrar os sentidos. Quer? Não? Certo, pronto. Agora então vou contar a história. As fêmeas do cuco depositam seus ovos dentro dos ninhos de outros pássaros, já ocupados por outros ovos, certo? Quando o filhotinho de cuco nasce, os ovos dos outros pássaros ainda não abriram e ele os empurra para fora do ninho, com todo o corpo. Mais tarde, quando os pais dos mortos retornam ao ninho, pensam que o cuco é seu filho e o alimentam, dando-lhe insetos e minhocas com o bico. Entendeu? Ora, você é um cuco, George, entendeu? Quer dizer, como acabei de dizer, eles depositam seus ovos nos ninhos de outro etc. etc... e... pois é, você é um cuco, não tem raízes e nunca terá, entendeu? Não tem ninho. George, fiquei com uma moça na noite anterior à sua chegada.

– Você tem aspirina?

– Não, ainda não conhece, mas vou lhe apresentar... Como estava dizendo, fiquei com uma moça, muito jovem... é, mais nova que você e com certeza mais nova que eu, no sentido em que nasceu quando eu estava fazendo 12 anos, exatamente no mesmo dia, nenhum dia a mais ou a menos, no mesmo mês, entendeu?... Meu Deus, hoje já é dia 5... resumindo: já conhecia essa moça há uns seis anos, era amigo do marido dela. Não está mais casada, se separou mais ou menos na mesma semana em que eu e Leo... quem é Leo? É o marido dela; paramos de nos falar. Se é gostosa? Bem... já toquei punheta pensando nela, mas não é a única musa das minhas punhetas, sabe como é... Além do mais, achava que ela não estava interessada em mim, embora fosse assim com todo mundo, não olhava para ninguém, estava sempre grudada no Leo, o marido. Depois, fazer a mulher de um amigo gozar é até um ato de generosidade, não acha? Quer dizer, um ato de amor também para o próprio amigo. E daí, transamos outra noite. Bom? Bem, já tive momentos melhores. Mas aconteceram duas coisas, escute só. Sabe como os papagaios trepam, não? Nããão? Ah, pois precisa ver! É um barato, fazem um movimento redondo com a genitália, tipo dança do ventre. Incrível você nunca ter visto! Vou lhe mostrar os meus assim que... certo. Pois Larissa fazia como os papagaios. Ajeitei ela em cima de mim e imagina o que fez? Ficou dançando, bem em cima do pau, sem pressa, George, parecia uma papagaia ahahahahahahaha-ahahahahahahah! E a outra coisa é isso... quer dizer: isso. Cheire, cheire o dedo! Sentiu! Caralho, George, o cheiro dela ficou grudado na base da unha, como é que não sentiu? Cristo, não vai embora de jeito nenhum! Claro que já lavei as mãos, mas não sai. Senti de novo essa noite, uma rajada até o fundo do cérebro. Só que ela parece estar cheia de culpa, estava com lágrimas nos olhos quando me despedi. E veio com toda uma conversa no outro dia, nem te conto, se sente rejeitada por todo mundo... nãão, não quero rejeitá--la. Afinal, já a conheço há anos, gosto dela, é uma tremenda de uma caga-regras, mas gosto dela. Precisava ver como tratava o ex-marido, uma doida, má de verdade, humilhava o cara em público e ele ficava calado. Veja se me entende: gostei de fazer amor com ela e até gostaria de fazer de novo, mas não quero saber dessas maldades comigo também, não quero mesmo. E então, George, o que vamos fazer hoje?

George abriu os olhos lentamente. Gunther estava nu ao lado de seus pés, de pernas cruzadas e fumando.

A dor se espalhava ao redor da cabeça, descia até os dentes e penetrava nas gengivas. Ouviu Gunther sem dizer uma palavra, a dor embaçava seus olhos, via os braços do amigo se mexendo nervosos, os tufos de cabelo louro espetados no ar. George considerou a possibilidade de que Gunther estivesse completamente doido. Tentou rir e, quando conseguiu, sentiu como se os músculos estivessem desgrudados dos ossos. A dor foi insuportável. Pontadas dentro dos dentes, marteladas nas têmporas, cimento nos ouvidos.

Vomitou em cima do sofá de veludo roxo. Gunther deu um pulo para trás, George viu que seu pé ia pisar numa mancha de vômito que tinha caído no mármore, mas não teve forças para avisá-lo. Gunther correu para a peça vizinha e voltou com um pano úmido, que esfregou primeiro no veludo e depois no chão.

– Puta que me pariu! – xingou, quando viu o vômito na sola de seu pé e tratou de limpar com o mesmo pano, que no final jogou dentro de um balde.

– Quer ir para o hospital? – perguntou a George.

– Não precisa. Gunther... não sei quanto tempo vou ficar em Roma. Preciso voltar a Paris, recebi uma oferta de trabalho antes de partir e... – não conseguiu acabar.

Gunther olhou para ele e sorriu. Naqueles momentos, seus olhos puxados pareciam com os de seus papagaios. Acendeu outro cigarro e coçou o saco, que estava vermelho e inchado.

– Não dê uma de cuco, George.

O outro não tinha resposta, de modo que ficou olhando o amigo se levantar do sofá e ir para o quarto. Sua risada entrou diretamente em seu cérebro. Cobriu a cabeça com uma almofada.

Nove horas mais tarde estavam caminhando pelos lados de Castel Sant'Angelo.

Os lampiões amarelos pareciam pequenos sistemas solares ao redor dos quais gravitavam insetos e poeiras.

– Ouça, ouça só: "Discutíamos os problemas do Estado, para acabar no haxixe legalizado, minha casa parecia quase o parlamento, eram uns 15, mas pareciam uns cem. E eu dizendo: bem, pessoal, vamos devagar, o vício nunca teve um gosto muito são. E o mais rebelde respondeu, meio doidão..." Caralho, cresci ouvindo essa porra, George! *Una storia disonesta*. Sabe quem cantava? Stefano Rosso. Quer dizer, um comunista que se chama Rosso já é o maior barato, não?

No sangue dos dois circulavam os comprimidos de LSD engolidos um pouco antes.

Tinham comprado de um jamaicano chamado Jamiro por setenta euros, num porão de Testaccio.

George avançava em silêncio, perdido na mais absoluta incerteza, sem conseguir reconhecer nada de familiar nem em si, nem em Gunther, nem em qualquer coisa a seu redor. De repente, percebeu que nunca teve nada que pudesse considerar realmente familiar. Roma, Londres, Berlim ou Paris, a casa da mãe, sua própria casa ou a de Aurore ou ainda o sofá de Gunther: nada parecia com ele.

Olhou para Gunther, que avançava com segurança sobre a ponte. Parecia satisfeito com o mundo inteiro. Onde, naquele homem, morava o sofrimento?

George teve vontade de provocar uma confissão, para extorquir os segredos daquela felicidade, mas não naquele momento, naquela noite na ponte Sant'Angelo.

Pararam diante das estátuas erguidas sobre a amurada.

Os anjos mudos e brancos, mesmo estriados de preto, agredidos pela circulação dos carros e pela fumaça dos canos de escapamento, pareciam celestiais em sua imutabilidade.

Aos pés de um anjo uma placa recitava: "VULNERAS-TI COR MEUM."

Mais adiante, uma outra: "REGNAVIT A LIGNO DEUS."

Gunther teve a boa ideia de cantar as frases escritas sobre cada estátua, enquanto George estalava os dedos para dar o ritmo. Passou da ópera lírica ao rap, ao neomelódico napolitano, repetindo obsessivamente as frases, as mãos movidas pelo vento.

Na última placa estava escrito: "CUIUS PRINCIPA-TUS SUPER HUMERUM EIUS." Ergueram os olhos. Um anjo belíssimo segurava uma cruz com as duas mãos.

Vista de baixo, sua cabeça parecia encaixada entre as estrelas do céu escuro. O rio continuava a escorrer, verde, abaixo deles. Gunther parou de cantar e deixou escapar um suspiro, George tirou os cabelos de cima das orelhas e quando ficaram livres:

— Está ouvindo?

— Estou, estou sim!

— São coros de anjos – exclamaram juntos.

Concentraram-se no anjo, esperando o momento em que abriria a boca para cantar.

— Canta, filho da puta, canta... – murmurou Gunther, apontando os olhos alucinados para a estátua.

— Aí está! Ouviu? Cantou de novo! – exclamou.

George não podia negar, ele também tinha ouvido.

— Mas acho que não era a estátua, Gunther...

O outro olhou para ele ofendido.

— Claro que era, era o anjo, cacete!

George se debruçou sobre o parapeito e viu uma árvore com cara de desenho animado caminhando com suas próprias pernas sobre o rio. As raízes se debatiam na água como membros e moviam-se em câmera lenta. Sorriu, mas esclarecer a história do coro angelical parecia muito mais importante naquele momento do que uma árvore que caminha sobre as águas.

Concentrou-se, portanto, no Tibre, tentando não se distrair com a árvore.

O rio continuava mudo e opressivo, mas parecia que as vozes vinham mesmo de lá.

"As rãs...", pensou.

Virou para Gunther, que estava contando alguma coisa em voz alta.

– Não me distraia!

– As rãs – disse George.

– Caralho!

– As rãs, Gunther!

– O quê? Que merda está dizendo?

– As rãs – repetiu George –, são as rãs, são as rãs! Não os anjos.

Gunther também se debruçou sobre a ponte para verificar se George não estava mentindo.

Caiu na gargalhada.

– As rãs! As rãs! As rãs! – começou a berrar entre soluços.

Quando se acalmou, parou embaixo do anjo com ar de desafio, as pernas abertas. Levantou os olhos e George também.

– Eram as rãs, seu anjo de merda! – berrou com a voz empastada de droga, vinho e risadas engolidas.

Os braços poderosos do anjo se abaixaram com intenção de acertar sua cruz na cabeça daqueles dois. O anjo lançou sua punição contra a ofensa num movimento potente e fluido e ganhou vida para demonstrar sem a menor sombra de dúvida que era feito de substância bem diferente do mármore.

George e Gunther protegeram os olhos dando um pulo para trás.

– Ohhh! – gritou Gunther, enquanto George perdia a fala de tanto medo.

Não conseguiam afastar os olhos da estátua, que não parecia disposta a dar novos sinais de vida.

Quando o tempo recomeçou a escorrer e a percepção dos dois voltou a aderir à realidade, Gunther perguntou a George o que tinha visto.

As versões coincidiam.

– Estamos doidos demais – disse por fim –, temos que voltar para casa.

George considerou que era uma proposta sábia.

Deitado no sofá, no escuro, fechou os olhos.

Gunther estava em seu quarto, diante do computador.

Tinha sido convidado para um evento através do Facebook e clicou no "Eu vou", embora não tivesse muita certeza sobre o tipo de evento. Pediu para ser aceito como amigo por todas as mulheres que já tinham respondido ao convite.

Uma delas aceitou imediatamente, a informação dizia: "Flavia Partinico aceitou seu pedido de amizade."

Gunther abriu a janela do chat e procurou a nova amiga. Em seu status estava escrito: *Ne me quitte pas, A.*"

Eu
oi F. quem é A.? :-)

Flavia
kem é vc?

Eu
Sou G.

Flavia
A. é meu namorado

Eu
mas t deixou...

Flavia
como é q sabe?

Eu
ne me quitte pas, A. ;-)

Flavia
naum gosto de falar com desconhecidos

Eu
tem razão, desculpe. vi q vai ao vernissage sábado e pensei q ganharia tempo se t conhecesse antes ;-) vc é linda D+ Vou ficar agarrado na sua saia a noite inteira, ia achar q era um louco se naum me apresentasse primeiro...! :-)

agora q me apresentei sabe q naum vou deixar vc em paz!!! :-D

oi, taih?

Flavia
to

Eu
onde?

Flavia
q ki c tem com isso?

Eu
p. f., onde?

Flavia
q chato..........

Eu
posso ser bem + se quiser... ;-)

Flavia
eu ou vc?

Eu
os 2...

Flavia
Ufffff..........

Eu
enchi o saco?

Flavia
3365287453

E assim, G. ligou para F. e pediu que ela se tocasse; ela perguntou se ele queria saber o que estava vestindo e como estava se tocando.

– Não – respondeu ele.

– Você está se tocando?

– Sim – respondeu, mas estava com as duas mãos ocupadas, uma com o telefone, a outra com o mouse.

Os dedos dela chapinhavam no líquido entre as coxas, o som era claro. Ele fingiu que gozava e talvez ela também estivesse fingindo, quando gritou no telefone um orgasmo em forma de U.

"UUU", fazia sua boca, a mesma que Gunther estava olhando na tela do computador, nas fotos do Facebook, F. de biquíni, F. de uniforme de aeromoça da Lufthansa, F. com A. numa praia branca, sorrindo.

– Vai contar para alguém? – perguntou.

– Acho que sim – disse ele.

– Para quem?

– Você não conhece, é uma amiga.

– Sua namorada?

– Não, amiga, se chama L. Tchau F., lembranças a A. e fique sabendo que G. amou você por alguns instantes.

Flavia Partinico interrompeu a comunicação com um suspiro.

Gunther tinha certeza de que ligaria para A. logo em seguida.

Recolocou o telefone no ouvido: era Johannes convidando para uma festa.

– Que festa? Claro, claro que sim!

– Pode trazer seu amigo francês, se quiser. É tranquilo, nada de confusão. Se der, traga bebida.

– George não está muito bem, talvez não queira ir.

– Fenha você então.

– Acho que vou. Mas quem vai?

– Sei lá, Gunther. Se quiser, ligo e pergunto...

– Não, cacete. A gente se vê.

Estava entediado.

Sete

Naquela amanhã, Larissa e Gaetano estavam abraçadinhos, a grossa coxa dele sobre o estômago dela. Larissa abriu os olhos para ter certeza de que ainda estava lá, com ela, a barba contra a palma aberta de sua mão. Resolveu voltar a dormir, talvez a roda estivesse começando a girar a seu favor. Foi despertada pelo tilintar da fivela de seu cinto.

– Já vai?

– É, preciso ir. O carro vai estar embaixo da minha casa em meia hora.

– Para onde vai?

– Buenos Aires, saio às duas.

Puxou o fecho da calça.

– Pode me passar o cigarro, por favor?

Acabou de se vestir e se aproximou do rosto dela, que soprou a fumaça em seus olhos.

– Por que voltou?

– Porque eu te amo – respondeu.

Afastou-se da cama e enquanto saía do quarto perguntou:

– Não está feliz?

– Ficaria mais feliz se ficasse.

– Não posso, já disse, estão me esperando amanhã em Buenos Aires...

– Sabe o que quero dizer.

Ele não respondeu, abaixou a cabeça para os sapatos e continuou seu caminho para a saída.

Gritou que devia pegar sua escova de dentes.

– Está apodrecendo – disse. Ouviu primeiro o silêncio, depois os passos.

Estavam de novo no mesmo quarto, as mesmas bocas se pressionando, beijando-se até que ela sentiu seu sexo se dilatar para recebê-lo. Sentiu um objeto frio e liso, estreito, penetrar sua vagina, no fundo, cada vez mais fundo dentro dela, até que as cerdas tocaram seu clitóris. Antes que Larissa pudesse aceitar, Gaetano retirou a escova de dentes e penetrou dentro dela. Fizeram amor de novo, em silêncio, e quanto mais gozavam, mais o coração apertava, maior ficava a inelutável sensação de vazio que se instalava dentro deles, como um parafuso escavando um furo largo demais para que pudessem preenchê-lo.

Ele se arrumou, enquanto Larissa tentava esclarecer para sua xoxota que se adaptar cada noite a um pau diferente era mais um trabalho mecânico do que uma coisa do coração.

Um velho amor voltava, sempre que o amante da noite anterior fugia.

"Você não, Gunther", pensava Larissa.

Não conseguia entender o que nele lhe fazia falta, nem quanto, mas ao mesmo tempo em que a porta se fechava definitivamente e o cheiro almiscarado de Gaetano ficava empilhado sobre os lençóis, pensava: "Você não, Gunther."

A voz de Ada chegou para salvá-la.

Vinha do telefone e parecia distante.

Chamou o nome de Larissa várias vezes.

Convidou-a para uma festa, uma reunião de amigos em sua casa.

– Iggy vai estar lá? – perguntou Larissa.

– Quem é Iggy?

– Iggy é Iggy. Iggy Pop.

– Acho que sim... – não parecia muito convencida.

– Se Iggy não for, também não vou. Não estou com nenhuma vontade de estar com Luigi ou Antony essa noite.

Ada não respondeu.

– Está bem: Luigi Tenco e Antony & The Johnsons – disse Larissa espreguiçando os braços na cama.

– Acabou de acordar?

– Não, duas horas atrás.

– Já entendi, não precisa falar: fez alguma besteira. Mas tudo bem, nada de Luigi nem Francesco.

– Quem é Francesco?

– Guccini.

– Nossa, está querendo dizer que tem CDs de Guccini em casa?

– É, por quê?

– Está tudo bem. Quer que leve alguma coisa?

– Vinho talvez.

– Ah, não. Não posso.

– Por quê? Parou de encher a cara?

– Jamais. Mas não tenho dinheiro para comprar. Tudo bem se levar umas latinhas de Chinotto meio vazias?

– Faça como quiser...

– Você é uma escrota, sabia?

– Com quem você trepou essa noite?

– Sabe muito bem. Está vendo que é uma escrota mesmo?

– Certo, até mais.

Sua casa ainda estava lá.

E ela a odiava.

Queria matá-la.

A casa.

Deu dois telefonemas, sob um xale que lembrava o que sua avó costumava usar, de lã e com buracos bem grandes. Os cabelos carregados de melancolia e desordem, um cheiro hostil entre as pernas que não conseguia tirar nem esfregando. Sua avó também tinha os cabelos sempre desarrumados e um cheiro forte de xoxota entre as coxas que subia até seu nariz, e mesmo depois do avô morrer, junto com seu pau, é claro, suas coxas continuavam a emanar aquele cheiro metálico de sangue, urina e sexo recém-consumado. Era como se sua avó tivesse sempre acabado de trepar. Era a única lembrança que tinha dela. Estava ficando igual à avó? Ela também bebia muito.

Precisava fazer alguma coisa que a salvasse daquela situação de decadência.

Bateu a cocaína com o cartão de crédito inutilizável. Quando o pó penetrou no septo nasal, sentiu o cérebro soltar chispas além do crânio.

Ligou para alguns amigos jornalistas e diretores de jornais.

Não fez qualquer menção à sua pobreza.

Pediu trabalho.

– Você sabe como é, a crise...

Sabia muito bem.

– Veja bem, dinheiro não é problema... Faço isso porque gosto, me diverte – mentia. Nem que fossem cinquenta euros por artigo, já daria para matar sua fome e a dos gatos pelo menos por uma semana.

– Não podemos oferecer mais de setenta euros por artigo – disse finalmente um amigo, diretor de uma revista para homens.

Duas semanas de compras garantidas, os gatos iam ficar contentes.

Concordaram que começaria no número seguinte, um mês depois. Larissa não tinha condições para esperar. Daria um jeito com o que ainda restava. Não tinha a menor ideia de como ia conseguir, mas resolveu adiar o problema para outro momento.

Mas um novo problema surgiu: o que faria até a noite? Ainda faltavam cerca de 12 horas para a festa de Ada, o que significava 720 minutos para preencher.

O 12 é 1 + 2 que dá 3, 720 já não é tão bom, porque 7 + 2 + 0 é igual a 9, mas somado ao 3 que resultou do 12 faz 12 de novo e mais uma vez 1 + 2 = 3, e 3 é um número primo. Se vou pela subtração acontece que 1 - 2 = -1 (não! um presságio horrível) e 7 -2 -0 = 5 (de novo não, demônio de número) e -1 + 5 = 4 que é um número tão burguês, uma perna sustenta toda a armação, mas é uma ficção porque o 4 se apoia solidamente em todas as quatro pernas, deixe de babaquice, por favor, é um número fajuto, mais ou menos como quem nasce filho de juiz ou senador e invade as ruas gritando slogans contra a burguesia, a favor do proletariado. "Burgueses, burgueses, só mais alguns meses" é a palavra de ordem do 4.

Compreendeu que estava enlouquecendo.

Naquela altura dos acontecimentos, a única coisa que podia fazer era voltar a dormir. Deixou os gatos do lado de fora da porta do quarto: assim era mais fácil esquecer que estavam com fome.

Acordou várias horas antes que a festa na casa de Ada começasse. Ainda precisava esperar.

O que estava fazendo de seu tempo?

Seria o caso de abrir o caderno e recomeçar a escrever?

Lembrou que tinha rasgado tudo na manhã anterior, depois que sua mãe tinha ido embora. Precisava sair para comprar outro. E aquele era mais um excelente motivo para adiar.

Diante da prateleira, não conseguia escolher: havia cadernos de formas e medidas diversas, variadíssimos desenhos nas capas, duras e macias, fechados com elástico ou com barbante, abertos ou dotados de botões magnéticos.

Hesitou durante uma hora. Se escolhesse um caderno feio, tinha certeza de que não conseguiria escrever. Cada vez que o pegasse e examinasse, pensaria no horrível caderno que tinha escolhido.

Cumprimentou a velha proprietária da papelaria. Ao lado do caixa, ela pendurava um rosário com grandes bolas de madeira. Ficou se perguntando se não escondia outros segredos sob as saias.

A mulher lhe sorriu, como se tivesse captado sua pergunta.

Larissa quase perguntou a que seita pertencia, mas depois lembrou dos gatos e da fome que deviam estar sentindo.

Usou os últimos tostões para comprar uma caixa de ração e voltou para casa.

Três indivíduos sozinhos, perdidos no tédio egoísta das próprias necessidades, não se empenham o suficiente para que essas necessidades sejam satisfeitas. Pensam que vão conseguir, mas repetem palavras e ações que acarretam as mesmas e idênticas consequências, sempre.

Gunther navegava por sites pornôs em busca de uma ereção que não queria responder aos estímulos quando Larissa ligou. A primeira coisa que ela disse foi:

– Mas você acha que estou errada?

– Na natureza é impossível encontrar qualquer coisa errada. Portanto, você também não está – respondeu ele. Disse muitas outras coisas mais, porém ela não estava ouvindo.

Pensava que tinha alguma coisa que não funcionava bem. Talvez não houvesse mesmo nenhum erro, talvez o engano fosse o pensamento do erro.

– Está ansiosa – disse ele.

– O quê?

– Ansiosa.

– Talvez.

Ficaram em silêncio. Ele já tinha falado demais, ela quase nada.

– Você sente os cheiros dos outros? – perguntou ela.

Ele sorriu.

Ela não podia vê-lo.

George entrou no quarto de Gunther.

Viu que o amigo estava sorrrindo.

– Está apaixonado? – perguntou quando desligou o telefone.

– Talvez – respondeu Gunther, e se espreguiçou na poltrona, os ombros estalaram e o coração deu a impressão de que estava descompassado.

George beijou Gunther na boca, Gunther beijou George com toda a boca.

Oito

Algumas horas mais tarde, Larissa se movia atarefadamente no terraço da casa de Ada, arrumando os pratos na mesa e empilhando os copos de papel sobre a toalha de linho.

– De quanto em quanto tempo você bota água nesse jasmim?

– Por quê? – respondeu Ada, distraída.

– Ora, meu bem... porque é evidente que ele está morrendo...

– O que é, virou jardineira agora?

– Quem? Eu? Imagine... sou capaz de fazer secar até uma folha de alface – respondeu Larissa.

– Por que está tão chata hoje?

Não podia confessar que uma das maiores limitações de sua vida sempre foi a incapacidade de encontrar conforto em mãos amigas. Achava que estava incomodando, usava as palavras como armas e escudos para afastar as pessoas, para impedir que os outros a amassem. *Os outros nunca vão amá-la.*

Só uma pessoa tinha conseguido, em todos aqueles anos e de modo misteriosamente exato, aniquilar aquele peso: Gunther. Tinha a impressão de que, com ele, seus medos encontravam paz por alguns instantes. Não era porque os entendesse ou já fosse capaz de desmontá-los, mas sim porque Larissa reconhecia nele uma total ausência de medo, nem heroica nem superlativa: era uma fé em si mesmo e no mundo que fazia com que fosse são e louco ao mesmo tempo.

Larissa não podia dizer a Ada que tinha brigado com a mãe a ponto de se atracarem, nem podia falar de Gaetano, embora soubesse que a amiga já tinha adivinhado tudo. Também não podia falar de Gunther, que Ada só conhecia através das histórias de seu casamento com Leo. Ela não ia entender, tinha certeza disso.

Diante disso, resolveu falar do problema mais urgente, apesar de não se importar muito com ele. O dinheiro.

– Não tenho um tostão, Ada. Dá para uma semana, no máximo.

– E o seu editor? Não está lhe devendo dinheiro?

– É verdade. Vou ligar para ele amanhã.

– Quer que lhe empreste algum, enquanto isso? – disse, apoiando na mesa a caneca de chá de malva.

– Não, imagine... vou resolver agora mesmo, realmente.

Peça ajuda peça ajuda.

Não consigo não consigo.

Por que não pede ajuda?

Não sei.

Tem medo de quê?

Não sei não sei.

– Por que está mexendo os lábios? – perguntou Ada.

– Estava mexendo os lábios? Eu? Ai meu Deus...

– Você está bem? – disse Ada, preocupada.

– Por que todo mundo está tão preocupado com a minha saúde? Estou muito bem, obrigada. Pobre, mas ótima, uma maravilha.

Eram os primeiros dias de dezembro, mas o frio ainda não tinha invadido a cidade. Os casacos ainda eram suficientes para proteger do vento leve que soprava do sul.

Quando azeitonas e alcaparras, sementes de girassol e fatias de pão de centeio foram acondicionados com uma elegância que Larissa considerava irritante, começaram a chegar os primeiros convidados.

Larissa não tinha nenhuma vontade de cumprimentar as pessoas. Portanto, arrumou o que fazer para manter as mãos e a mente ocupadas. Foi para dentro, pegou o som e os CDs arrumados dentro de um caixote de frutas. Viu que a amiga só tinha música triste; olhou arrevesado para ela, que nem notou.

Aconteceu quando estava debruçada sobre os CDs, o traseiro se movendo entre um hibisco e um jasmineiro, para lá e para cá, os joelhos sobre os ladrilhos, assim como as palmas das mãos. Estava lendo uma letra de Nina Simone quando ouviu sua voz.

Atrás dela, Gunther repetia consigo mesmo: "Vire, Larissa, vire", mas ela continuava a ondular os quadris, com os olhos mergulhados no texto.

Ele hesitou, mas voltou à carga. Tinha que conseguir.

"Vire, não é uma revanche."

E ela se virou.

De calças pretas, com a jaqueta de couro descosturada, Gunther sorria segurando um copo já meio vazio.

Ela ficou vermelha, não nas bochechas, nem na testa: logo abaixo do pescoço, entre as clavículas.

– Tenho uma dúzia de ideias sobre isso – disse ele.

– Isso o quê?

– A sua bunda – disse Gunther mordendo os lábios.

– Boca de lixo... – disse ela, usando mais uma vez o seu escudo invisível de proteção contra o desejo. Enrubesceu de novo, mas era noite e tinha certeza de que ninguém ia ver. Voltou a remexer nos CDs. E ele ria.

– Ah! – disse Gunther. – Ofendi você.

Ela virou e concedeu uma risada cristalina.

– Faça de novo – ordenou ele.

Sem pensar, ela riu e ao rir a bunda balançou de novo, de novo.

– Mais uma vez – repetiu Gunther.

– Não. Perdi a vontade de rir.

Levantou, usava saltos altíssimos e suas pernas estavam nuas. A saia acima do joelho.

– Não está com frio? – perguntou ele.

Ela levantou a cabeça.

– Não – respondeu.

Johannes veio se juntar aos dois, e já se aproximou de Larissa com intenção de paquera. Gunther tentou avisar que ter sucesso com ela era difícil, a não ser que ela mesma escolhesse você, mas Johannes garantiu que estava com a jogada dominada para a operação. E ela ficou ali, silenciosa e tensa, enquanto os dois conversavam sobre sua hostilidade.

Gunther resolveu deixar os dois sozinhos e foi ao encontro de Chiara, cuja língua ainda lembrava: queria experimentá-la de novo naquela noite. Mas nem mesmo esse desejo conseguiu distraí-lo da cena que se desenrolava do outro lado do terraço.

Enquanto Johannes se afastava, Larissa inclinou-se novamente para inserir um CD. Mas o alemão retornou em seguida com dois copos e ofereceu um a ela.

Gunther viu claramente que o tédio estava tomando conta de Larissa. Johannes devia estar contando alguma idiotice absurda para que ela ficasse ali, com os braços daquele jeito.

Seus olhares se cruzaram mais de uma vez, e ele viu que ela dava umas olhadas na direção de Chiara. Resolveu ficar com os amigos, prometendo que voltaria à língua de Chiara logo em seguida.

– É ferdade, sou de Munique, na Bafiera!

– Claro – suspirou ela. Quando viu Gunther se aproximar, seus braços finalmente relaxaram e ela disse: – Onde foi que você arrumou esse falso Oscar Wilde alemão?

– Por que falso? – perguntou Gunther.

– Porque fala como se fosse a caricatura de um alemão... não pode ser real.

Johannes revirou os olhos e aquele movimento sofrido das sobrancelhas fez Gunther pensar que o amigo realmente tinha alguma coisa de Oscar Wilde.

Riu.

Johannes parecia muito deprimido e, ridicularizado pelos dois, só lhe restou o consolo do copo. Larissa ria por dentro, engolindo a risada, tanto que seu pescoço parecia inchado. Gunther teve vontade de enfiar os dentes naquelas veias dilatadas e cheias de sangue.

Ela deve ter percebido suas intenções, pois virou de costas.

Resolveu voltar para a língua de Chiara, deixando Larissa com seu silêncio e Johannes com sua decepção.

Larissa adivinhou seus pensamentos e, para não deixar que voltasse para Chiara, pegou-o pela mão e balançou seu braço uma, duas, três, quatro vezes.

– Vem comigo?

– Não, você vem comigo – disse ele.

Ela largou sua mão.

Ele a pegou de volta.

Tocá-la era como manter dois dedos suspensos a poucos centímetros de um monte de sal. Energia e calor, sua pele quase queimava em inúmeras descargas elétricas rápidas e fortes entre os dois.

Seus olhos também sabiam. Nem Larissa era capaz de esconder aquela vibração, e todo mundo parou para olhar os dois dançarem e se moverem com vigor. Descargas elétricas, mais descargas elétricas entre ele e ela, entre ela e ele, que dançavam e se moviam com vigor.

Havia repulsa nos braços dela, em suas costas, e eram eles, mais do que os olhos, quem falavam de desprezo e vergonha. Mas ele riu na cara dela, seus narizes se roçaram.

– Me dá um beijo?

Cheirou-o, sob o pescoço suado, e não encontrou nada que pudesse interessá-la. Enfiou as mãos em seus cabelos, apertou suas costas, tocou suas grandes mãos ásperas, ficou minutos inteiros mergulhada em seus olhos cinzentos: não existia naquele homem nenhum elemento que pudesse pertencer a seu desejo.

Riu, chicoteou o rosto dele com os cabelos e se afastou. Enfiou-se no meio do círculo formado por quatro amigos que conversavam, a testa suada, o pulso banhado, os cílios cintilantes. Ele retornou para Chiara.

Larissa não conseguia entender o ciúme louco que formigava nas veias de seu pulso, que batia em suas têmporas como uma respiração ofegante.

Estava falando com aquelazinha. Pediu informações a Ada, que disse que seu nome era Chiara.

– É uma amiga dos tempos da universidade.

– E sabe por que está conversando com Gunther?

– Quem é Gunther? É aquele louro que está suando como um porco?... Não sei, Larissa, como vou saber? Devem se conhecer, ora!

Larissa deu de ombros. Não tinha vontade de falar nem com a melhor amiga sobre aquela crise de ciúmes de um homem que nem achava atraente.

Lembrou que, anos antes, no tempo em que se encontravam com frequência, teve ciúmes de uma mulher com quem ele estava saindo.

Tinha deixado Leo na mesa do restaurante onde acabara de jantar e saído com Gunther para fumar. Do lado de fora estava frio e não tinha vontade de falar, só queria fumar seu cigarrinho embrulhada no casacão e olhar os carabineiros que entravam e saíam do quartel ao lado.

"Como vão as coisas com seu marido?", perguntou Gunther, acentuando a palavra *marido* com uma ironia desagradável.

"Bem. Estamos pensando em ter um filho."

O sorriso condescendente dele deu a entender que ia acreditar na mentira.

"Olhe, não sorria desse jeito... é irritante. E você? Continua sempre maravilhosamente solteiro e promíscuo?"

Ele sorriu.

"Bem, conheci uma moça que me atrai loucamente..."

Larissa sentiu sua respiração parar no meio da garganta e a fumaça a fez tossir. Os carabineiros se viraram para olhar.

"Ela é...", tinha começado ele.

O modo como pronunciou *ela* foi absoluto. Tinha colocado tudo dentro daquele *ela*, um mundo inteiro estava guardado dentro daquele *ela*, um mundo do qual Larissa não fazia parte. *Ela* era Ela, *ela*, dizia ele, e podia ver uma mulher linda, um amor enorme, o maior amor de sua vida.

"Como ela é...?", insistiu ela numa tentativa doentia de ver o que aconteceria se ele continuasse falando dela.

"É estupenda. Tem uns olhos... lembra de Monica Guerritore? Dos olhos de Monica Guerritore? Longos, alongados. Olhos como aqueles me enlouquecem... já entendeu, não?"

"Claro, Gunther, entendi. Os olhos de Monica Guerritore. E o que mais?"

"Cabelos longos, louros, macios louros longos. Lisos."

"Certo, e o que mais?", pouco a pouco estava compondo um retrato. O cigarro desaparecia entre seus dedos, o frio não penetrava mais na pele. Olhou para Leo, que estava se servindo de vinho.

Naquele momento, tinha se perguntado se o marido alguma vez tinha falado dela daquele jeito. Se o seu *ela* tinha sido pleno, redondo, autoritário? Larissa era *ela*? Aquela *ela*? Como seriam os seus olhos, segundo Leo? Como descrevia seus cabelos, sua boca, seu nariz, suas orelhas, suas sobrancelhas? Haveria o mesmo amor nas palavras de Leo? Olhou para ele: parecia só e desprotegido naquela mesa. Até poderia chorar se não tivesse medo dos olhos de Gunther.

"E depois, é... quer dizer, sei lá. Gosto dela. Muito."

Tinham acabado de fumar. Aquela conversa tinha acabado com ela.

Antes de sair da calçada e regressar ao calor do restaurante, ele tinha dito: "Leo nunca vai lhe dar um filho."

E ela sentiu sua boca se contrair. Teve vontade de morder o pedaço de parede que estava na sua frente até quebrar todos os dentes.

"É mesmo? Talvez a sua... como se chama mesmo?"

"Luna."

"Nome de merda... e talvez a sua Luna nunca dê para você."

"Piada infame. Foi mal."

"Sei, mas não se zangue."

"Por acaso me odeia?", perguntou ele, arqueando as sobrancelhas. Parecia sinceramente interessado na resposta.

"Não mais do que odeio os outros seres humanos. É um problema meu com toda a espécie, Gunther, não leve a coisa para o lado pessoal."

* * *

Dois anos depois, ele estava diante dela, poucos dias depois de terem tido relações sexuais, estava ali e apertava a ponta do nariz da tal de Chiara entre o indicador e o médio, sorrindo satisfeito e cúmplice.

Larissa sentia um mal-estar entre as pernas, uma contração no útero.

Seus vasos sanguíneos reclamaram mais vinho e não via nenhuma razão para negar.

Caiu bêbada no sofá, muitas horas antes que os outros convidados deixassem a festa.

No dia seguinte, a hora do almoço já tinha passado quando uma voz lhe pediu um abraço.

Não tinha sentido, mas Gunther acha chato procurar um sentido para cada coisa. Instintivamente, vendo Larissa abandonada a seu lado ainda com a roupa da festa, sentiu necessidade de sentir seu braço ao redor do peito.

Larissa abraçou Gunther, também num impulso instintivo, um hábito que nunca perdeu desde os tempos de casada, que a levava, no meio da madrugada, a abraçar amantes que iam e vinham no espaço de poucas horas.

Mas à diferença das outras noites, sentiu que todo o seu corpo, e até mais que isso, se entregava àquela pele detestada até poucas horas antes.

E ele correu o risco de ver as próprias certezas caírem como corpos mortos, esmagadas pelos braços e pelas mãos dela. Correu o risco de se apaixonar antes mesmo de entrever a possibilidade de um amor.

Mesmo assim arriscou-se, e pensou que era o risco mais importante de toda a sua vida.

Larissa abriu os olhos. Gunther, a seu lado, parecia feliz. A luz dançava entre seus cabelos despenteados.

Apertou a mão que estava caída além do peito e aquela mão ficou ali, imaculada em seu espanto.

A outra mão, avidamente, buscou a entrada das calcinhas dela. Agarrou um tufo de pelos e puxou com força.

Larissa afastou-a sem dizer nada e seu braço continuou ali, exatamente onde o tinha deixado, no peito de Gunther.

Depois saíram em silêncio da casa de Ada e, parando no primeiro bar que encontraram, sentaram numa mesinha do lado de fora.

Ele pediu quatro torradas e uma xícara de café puro.

Ela um croissant simples e um suco de laranja.

— Gostaria de viver sempre assim, sabia? — disse ele, protegido por um par de óculos escuros.

— Assim como? — perguntou ela, tocando as bolsas que surgiram sob seus olhos durante a noite alcoólica.

— Assim... acordar tarde depois de uma noite inteira dançando. A perspectiva de não ter nada para fazer durante o dia: café da manhã, bar, sol... olhe só, parece verão.

Ela sorriu.

— De que está rindo?

— Você é mesmo um boêmio, Gunther. Vive assim todo dia.

— É verdade.

Colocou os óculos na cabeça. Tinha olheiras e dois olhos enormes e límpidos.

— Ontem fiz sexo pelo telefone com uma mulher, sabia? E depois, eu e meu amigo francês, o nome dele é George, vimos um anjo que queria nos matar com uma cruz.

— Fantástico. E agora você vai às compras comigo, Gunther. Estou com vontade de gastar meus últimos tostões. Isso, vamos mergulhar na decadência até o fundo, o dia mal começou.

Nove

Enquanto Larissa e Gunther dormiam, George tinha acordado e saído.

No longo via dei Fori Imperiali, da piazza Venezia ao Coliseu, o sol pairava, suspenso acima da antiga arena com ar indeciso, recém-nascido. Havia pouca gente caminhando com ele, alguns desafiando o vento com pedaladas pesadas de bicicleta. Os carros guiados pelos sobreviventes do sábado à noite desapareciam entre os raios dourados que se infiltravam entre as ruínas.

Os papagaios e o excesso de horas de sono o acordaram. A ressaca dos comprimidos do dia anterior ou o repouso exagerado tinham amortecido seu cérebro e o levaram a acreditar que se andasse pelo menos até o Coliseu encontraria Gunther.

Quando chegou à esquina com via Cavour, o vento começou a soprar mais forte. O gelo penetrou nas pernas das calças, serpenteou por entre a densa trama do suéter de lã. Prendeu os cabelos com um elástico, pegou o chapéu do bolso do casaco e enfiou-o na cabeça.

Com o calor no sangue renovado, resolveu entrar num bar cujo letreiro podia ver a cerca de 50 metros dali. Estava escuro e deserto, parecia abandonado até pelo barman. George passou os dedos por cima dos pacotes de batata frita, que estalaram avisando de sua presença. Em seguida, ouviu a descarga do banheiro e uma voz feminina informou:

– Estou indo.

Uma mulher que com certeza já passava dos 40, com os cabelos longos amarrados num rabo de cavalo, testa espaçosa e lábios apertados, apareceu e foi para trás do balcão.

George notou que seu pescoço, mal coberto pela camiseta, tinha marcas roxas. Pareciam arranhões feitos por unhas. Ela percebeu que ele tinha visto e lançou um olhar que não admitia comentários.

– Café com leite e um sanduíche. Presunto, presunto cru – pediu.

– Os sanduíches ainda não estão prontos. Vou prepará-los daqui a uns quarenta minutos. Serve um brioche?

Pelo tom de voz da mulher, George não teve coragem de recusar.

Ela se movia aos arrancos, nervosa, as costas bem retas e os nervos do pescoço tensos e pulsantes. Na prateleira de bebidas alcoólicas, entre um martíni e um bíter, havia uma estatueta, uma figura de bronze que representava um deus grego com uma lira pousada nos joelhos.

– É Hermes. É um prêmio – disse ela, adivinhando sua curiosidade.

– Que prêmio? – perguntou ele.

– Ora... um prêmio de poesia – respondeu ela, apoiando secamente o café com leite no balcão de metal brilhante.

– Escreve poesias?

– Bem que eu podia... – respondeu –, mas, não, o prêmio é de minha filha.

– Sua filha escreve poesias?

– Claro! Escreve poesias. E ganhou um prêmio.

– E por que ele está aqui?

– Acho que ela não gosta muito de prêmios, e me deu dizendo que se não aceitasse ia para o lixo. E achei que ficaria melhor aqui do que em minha casa.

Parecia irritada. George pensou que talvez fosse melhor não fazer mais perguntas.

Seus seios dançavam sob o avental imaculado. Olhou suas mãos: tinha unhas vermelhas e afiadas sobre a pele áspera e avermelhada.

— Pode me dar uma dose de grapa? – pediu.

Ela examinou-o da cabeça aos pés.

— É alcoólatra, por acaso?

Ele se esforçou para estender os músculos do sorriso.

— Não. Na minha terra é costume beber álcool de manhã quando faz muito frio.

— Ah, então é isso, não é romano. Bem que eu pensei, por causa do sotaque. De onde é? França, não?

— Paris.

Encheu o copo de grapa e, quando George engoliu, suas orelhas apitaram, como se alguma coisa tivesse se aberto em sua cabeça.

Pensou durante alguns minutos, enquanto ela lavava furiosamente os copos. Depois, considerando que não tinha nada a perder, disse:

— Sei que não é problema meu, mas percebi as marcas em seu pescoço... o que houve?

Ela não pareceu perturbada. Parecia até que estava esperando há dias que alguém finalmente perguntasse. Apontou para a estatueta de Hermes.

— A *poetisa*. Ela me agrediu sem nenhum motivo. Entendeu? Minha própria filha! Não vou dar queixa porque é minha filha e porque não está bem, embora não queira admitir. Não deveria falar sobre esse assunto com um desconhecido, mas estou me contendo há dias, sem contar a ninguém, nem ao meu companheiro. – A voz entrecortou-se em notas lamentosas que George achou familiares.

Imaginou seu pau golpeando as nádegas daquela mulher. A glande contra a pele marcada de estrias e gordura.

O bar continuava vazio e escuro.

Ela fez que ia acender as lâmpadas fluorescentes, ele a deteve.

– Espere. – Ele bloqueou sua mão.

A raiva e o espanto tomaram conta dos olhos dela.

– Que merda você está querendo? – levantou a voz.

Ele beijou sua orelha e soltou seus cabelos enquanto ela tentava se livrar de suas mãos.

– Não! Filippo vai chegar daqui a pouco! – gritou. As veias do pescoço estavam ainda mais tensas, cada vez mais cheias de desafio.

– Feche o bar – ordenou ele em voz baixa.

– Você é jovem demais e nem o conheço! Por favor, vá embora daqui! Não sabe o que está fazendo.

Naquela altura, seus mamilos estavam duros sob o avental. George aproveitou para obrigar seus dedos a se fecharem ao redor das aréolas.

Toda a violência que ela tinha liberado contra a filha precisava agora de mais violência para se alimentar. Não havia limites, quanto mais violência dava, mas esperava receber. George a fez gozar.

Obedeceu àquele rapazinho francês com o nariz frio e vermelho.

Seu ânus era estreito e rugoso. Cheirava a merda.

Ele a montou sob os olhos de Hermes, agarrou-a pelas costas ossudas e precisou de uma dezena de golpes para abri-la completamente.

Consumaram sua raiva em silêncio.

Uma mãe, um filho, um deus poeta ao lado de garrafas de bebida.

O que estava vivendo era tão perverso que em vez de vomitar, como gostaria, George gozou.

Depois de secar as lágrimas nos cantos dos olhos, ela puxou a porta metálica.

– Saia – sibilou envergonhada.

Dez

Na caixa de correspondência, a agência da receita informava que seus impostos estavam atrasados. Larissa rasgou a carta em quatro pedaços e jogou na privada.

Ligou para o editor. Não falava com ele há algum tempo e ainda tinham algumas contas a acertar.

– Você disse que estava com problemas para pagar os direitos autorais que me deve. Já resolveu? Não, desculpe, estou pedindo porque o banco está atrás de mim e não tenho um tostão, nem para comprar comida para os gatos.

Do outro lado, ele permanecia calado.

– Ouça, não estou lhe devendo absolutamente nada – respondeu finalmente.

Ela lembrou que foi ele mesmo quem disse que, no ano anterior, seu livro tinha vendido um bom número de exemplares.

– Há menos de três anos, mas o que quer? Só dá para vender 10 mil exemplares de um livro de poesia uma vez na vida. Alguns outros poetas não conseguem vender 10 mil nem em uma vida inteira. Você foi um caso único, mais do que raro.

– E então? Quanto vendi no ano passado?

– Foram feitas duas novas edições.

Tinha lhe parecido uma ótima ideia. Seu pai lhe deixara a casa e alguns milhares de euros. Com o tempo, tinha gasto tudo, mas a casa ficou. Poderia viver do que escrevia e de colaborações para os jornais sem muitos problemas. Não seria fácil, mas teria um mínimo de sobrevivência garantido. Por outro lado, não sabia nem podia fazer nada além de escrever. Nunca nem tinha tentado fazer outra coisa: lhe faltava a vontade necessária para se esforçar em novos trabalhos.

— Como não me deve absolutamente nada? O que quer dizer? — Sentiu os cabelos se arrepiarem, os carros trombeteavam como se fossem arrebentar a rua, as flores em cima da mesa estavam secas.

— Minha cara Larissa, significa que não vou pagar — disse, e ela teve a impressão de que podia ver o risinho sádico em sua cara de porco.

— Espere aí. Afinal você vendeu os livros, não vendeu? E se vendeu os meus livros, significa que recebeu dinheiro por essas vendas e que um percentual desse dinheiro é meu. Diga, Francesco, por acaso estou enganada? Não, não creio que esteja enganada... Francesco, ei, está me ouvindo?

Ele tinha cortado a ligação. Ela sentiu um grito sufocado dentro da garganta, direto do estômago, mas não gritou. Não podia sequer pagar um advogado.

Navegava num esgoto e não via saída. Não gostava de ficar mergulhada nas desilusões e o instinto também não aconselhava o choro.

Certa vez, Leo lhe falou de uma árvore que tinha visto na América do Sul, que era chamada de "coração de pedra": seu tronco tinha engolido uma coluna de mármore erguida séculos antes por padres missionários. A árvore cresceu ao redor da coluna e agora ela estava dentro de seu tronco. Larissa imaginou um vazio: quem sabe como seria viver com uma coluna aprisionada em seu interior, quem poderia dizer a opressão que aquela árvore sofria. Talvez tivesse crescido na convicção de que, com um pouco de esforço e determinação, conseguiria destruir a coluna, mas, ao contrário, ela ainda estava lá, firme dentro dela.

A angústia tomou conta de seu peito. Correu para o quarto e se deitou. Fechou as persianas e a escuridão ocupou o quarto. Queria sumir, desejou que o colchão abrisse uma boca invisível e a engolisse. Não queria nem saber onde iria parar em seguida.

Mas havia uma última possibilidade: pegar o telefone e digitar o número custou menos esforço do que pensava. Tinha certeza de que estava morrendo, ou melhor, enlouquecendo. Não sentia mais a pele; as mãos, as pernas, os pés, os joelhos pareciam alheios, separados dela. Estava em algum lugar que nunca tinha visitado antes.

— Se eu vender minha casa, posso ficar na sua?

— E por que venderia sua casa? Foi seu pai quem deixou para você.

— Sei muito bem quem me deixou. Pensei muito e a única alternativa que me resta é vender a casa. E ainda por cima sabe-se lá quanto tempo vou ter que esperar antes que apareça um comprador, anos talvez. E enquanto isso, preciso viver, comer, fazer todas essas coisas que... tudo bem, você sabe. — Seu tom era frio. Não queria que fosse assim, sua voz soando como uma estalactite dura e inquebrável, mas qualquer tentativa de falar com doçura produziria um efeito ainda menos humano, mais animalesco.

— Foi você quem resolveu ir embora da minha casa. Agora o problema é seu. Desculpe, mas tenho um monte de coisas para fazer.

A mãe de Larissa se preocupava com o estado de saúde da filha, mas não tinha nenhum interesse em ajudá-la. Precisava ter certeza de que estava mal para poder chorar e refletir sobre a própria bondade materna: inventar para si mesma uma história sobre sua capacidade de amar e concluir que a filha, sua única, desgraçada filha, não era capaz de receber seu amor.

O telefone começou a tocar enquanto Larissa pensava nas infinitas maneiras de matar a mãe.

Mergulhado na banheira cheia de água e sais, Gunther tinha digitado seu número.

Pensou que, se fosse realmente doido, diria a ela que tudo tinha mudado.

Havia um silêncio estranho dentro dele, um silêncio que subia e descia na garganta, a traqueia transpassada por sons sem voz, a cabeça tranquila, o tórax trêmulo. Há três anos, não encontrava paz no amor, nas mãos, nos cílios entreabertos.

Reencontrou a voz de repente.

– O que vai fazer essa noite? Quero ficar com você essa noite, Larissa, quero ficar muitas noites, todas as noites entre sua seda, que sede, Larissa!

Ela riu. Depois respondeu honestamente:

– Só saio se você me pagar um monte de bebida.

Para fazer isso, confessou ele, preciso vender pelo menos um papagaio até hoje à noite.

– Pois faça isso – sugeriu ela, os olhos tão escuros quanto seu quarto.

De repente, ele imaginou o corpo branco dela sepultado pelas penas coloridas dos papagaios e uma ereção despontou logo acima do nível da água. Seu cachorro, encolhido no tapete, resmungou e levantou a cabeça.

– Não quer um papagaio? – perguntou acariciando o cão.

Ela respondeu que já tinha dois gatos e que, de qualquer maneira, não teria como pagar.

– Não estou falando em vender, lhe dou de presente!

– Além da questão do dinheiro, simplesmente não posso ter um bicho que fica tagarelando da manhã à noite. O risco de um esgotamento nervoso já é grande demais para que possa me arriscar.

Gunther ficou em silêncio e ela também.

Ouviu que ele sorria.

– Ficou vermelho, Gunther?

– Por que acha isso?

– Porque também fiquei.

Sorriram de novo, juntos.

George entrou no banheiro e descobriu o amigo brincando com a ponta do sexo que aflorava na água. Sua pele estava fria, trazia em si o vento das ruas das quais tinha acabado de escapar. As mãos lascadas, os cabelos frescos de gelo.

Nunca tinha ouvido o amigo falar com uma mulher daquele jeito, as maçãs do rosto erguidas sem esforço, manchadas de vermelho-timidez, os olhos baixos e cintilantes, a voz saindo de locais desconhecidos e expulsa da boca que se entreabria encantada.

Ficou fascinado pela ereção de Gunther, se inclinou sobre ele, fechou seu sexo entre os lábios, entrecerrou os dentes, serpenteou a língua.

Gunther se despediu de Larissa tentando controlar a voz. Eles continuaram, entre água e vapores, enquanto do outro lado da cidade Larissa não podia acreditar, não queria que acontecesse, que o homem que precisava fosse aquele niilista cheirando a cerveja e a xoxota de piranha.

Foi para a frente do espelho, levantou um pouco o moletom e fez as contas com espanto. Examinou a tatuagem que havia mandado fazer no quadril esquerdo, alguns meses antes. Era um centauro, uma fúria em louca disparada para uma meta desconhecida. As patas levantadas, pateando, os cabelos flutuando ao vento.

Resolveu fazer aquela tatuagem quando todos os homens desaparecidos aumentaram sua ânsia de amor. "O próximo terá que ser assim", tinha pensado, buscando as palavras certas para descrever o desenho para o tatuador. "O próximo terá que ser assim, um centauro, um animal em disparada sem a necessidade da fuga."

O desenho lembrava escandalosamente Gunther.

Pensou um instante antes de lançar os dados ou abrir quatro cartas sobre a mesa, encontrar sinais, mais sinais, para submeter a seus desígnios.

Mas podia adiar a tarefa para a noite.

Afinal, existia um elemento que, sozinho, já era suficiente para tornar Gunther extremamente familiar. O símbolo da pertinência dos dois estava em suas datas de nascimento e, por mais que Larissa quisesse recusar aquele sinal preciso, a verdade era que ela e Gunther tinham um 3 em comum e o 12 do mês, somando-se os algarismos, também dava 3.

Era tudo muito claro: estava escrito nas estrelas, pelos mastodônticos movimentos planetários.

Imaginou seu corpo curvo como um 3. O corpo dele, suas costas convexas, olhos nos olhos na busca das pupilas.

Onze

A flor branca de tule que Larissa tinha enfiado entre os cabelos negros era linda.

Gunther foi pegá-la em casa e até lhe ofereceu o braço, um gesto ao qual Larissa não estava acostumada. Foi difícil ficar tão perto dele, aquela troca epidérmica demolia suas resistências.

Bastou que Gunther parasse um táxi, abrisse a porta para ela e entrasse do lado oposto para que Larissa sentisse que ser *ela*, aquela *ela*, para Gunther, era uma das coisas que poderia salvá-la.

Fora do *Rialto* havia grupinhos de pessoas que esperavam sua vez.

O edifício, embora a música aproveitasse cada fenda na parede, cada janela e cada porta aberta para sair do interior e fluir pela rua, parecia sinistro e arruinado. Não era difícil entender por que o local, entre o Ghetto e Trastevere, estava na moda: as pessoas gostavam de profanar lugares austeros, de fazer a música *house* soar entre paredes espessas e esfarinhadas, bater com os pés em pavimentos incertos.

– Vamos esperar um pouco – disse Gunther, largando finalmente seu braço e acendendo um cigarro.

– Estamos esperando alguém?

– Meu amigo George, o francês. Está sempre atrasado, mas deve chegar a qualquer momento.

Larissa sentiu a flor deslizar pelos cabelos. Ajeitou-a com um gesto veloz e ficou olhando reto para a frente, para os degraus partidos que levavam à entrada.

Queria ficar em silêncio.

A seu lado, Gunther a examinava de rabo de olho, mas quando percebeu que estava distraída observando as pernas que subiam e desciam as escadas, virou de frente para ela.

Deu uma longa tragada e o sorriso que repuxava seus lábios amassou um pouco o cigarro.

— Está muito linda hoje — disse, continuando a examinar seu rosto, seu peito, não mais além da bacia.

Larissa sorriu agradecendo e voltou a olhar para aquelas pernas que subiam e desciam e pareciam autônomas, sem donos. A maior parte das pessoas se movia muito mal. Se algum dia tiveram consciência do próprio corpo, ela certamente tinha se perdido pelo caminho.

Aquele silêncio entre ela e Gunther não era natural e ambos sabiam disso, mas preferiam ficar assim mesmo, fechados em suas considerações particulares.

Foram necessários mais dois cigarros para que Gunther finalmente convidasse Larissa a entrar:

— George está sempre atrasado, sempre! Vamos esperar lá em cima.

Subiram a escada longa e escura, com Larissa prestando atenção para que seus saltos não fossem vítimas de alguma cilada do calçamento antigo.

Atravessaram um longo corredor onde havia pouca gente, mas em seguida, como um funil, se viram espremidos numa argamassa de carne e suor que não conseguiam penetrar. E também não podiam voltar atrás.

Parada ao lado de Gunther, Larissa batia o pé ansiosamente. Odiava multidões, estava com calor, se sentindo suja e assediada.

— Para você é como estar em Nova York, não? — perguntou ele com um sorriso. Pela primeira vez naquela noite, Larissa percebeu que Gunther não estava bêbado e foi uma descoberta tranquilizadora.

— Não é o primeiro que me pergunta isso — disse ela.

Não tinha certeza se devia dizer que tinha sido ele, exatamente ele, muitos anos antes, quem tinha feito a mesma gracinha, numa outra festa. Não disse nada, nem sabia se ela conseguiria ouvi-lo no meio daquela confusão.

Conseguiram superar a parede humana e entraram na primeira sala, onde as pessoas já estavam dançando há tempos. Até as paredes suavam, e o cheiro forte de álcool, adocicado, se misturava com as emanações rançosas das peles.

Cruzaram a sala em direção ao bar e Gunther foi abordado por uma mulher alta, cuja franja cobria quase inteiramente os olhos. Usava uma camiseta preta transparente e tinha coberto os mamilos com fita adesiva preta.

Larissa olhou para as mãos dela. Já tinha passado dos 35 anos: tudo pode mentir, menos as mãos.

Gunther foi atraído pelas duas tiras pretas sobre os mamilos e abriu a boca como se quisesse recebê-los, sorrindo para a mulher e beijando sua boca.

Alguns minutos depois, Larissa ficou sabendo que os dois já se conheciam, mas preferia não ter sabido. Melhor seria acreditar que era uma desconhecida, alguém que chegou e se foi sem nenhum nome, nenhum número de telefone ou endereço.

Valeria foi com eles até uma outra sala no interior, onde Larissa tinha se instalado, incapaz de se equilibrar nos saltos, obrigada a ficar imóvel no meio de centenas de pessoas que se empurravam e dançavam em alguns centímetros de chão.

Gunther trouxe bebidas para as duas e Valeria agradeceu com uma longa risada, enquanto Larissa erguia os olhos para o céu. Ficou se perguntando por que a tinha convidado para sair, se tinha a intenção de ficar olhando os mamilos cobertos com fita adesiva de outra mulher.

Colocou a bolsa nos joelhos, as mãos em cima dela e fez de conta que estava observando as pessoas, mas era como se tivesse fechado os olhos. Estava numa fase narcótica disfarçada por olhos bem abertos e cigarros sucessivos, que ela acendia e deixava queimar entre os lábios.

Gunther não disse uma palavra e continuou a brincar com Valeria, que naquele momento lhe oferecia uma fatia de presunto como se ele fosse um gatinho. Balançava o presunto diante de seus olhos e, quando ele tentava pegar, puxava para cima. Repetiram o gesto umas dez vezes, até que Gunther agarrou a mão dela e enfiou na boca, mordendo o presunto junto com os dedos.

Larissa sentiu os músculos da parte interna da coxa se contraírem novamente, corcoveando, quase sugerindo que escapasse dali.

Sacudiu-o com força.

– Gunther! – Sua voz saiu mais dura do que pretendia.

– Gunther!

Ele virou e fitou um ponto acima de sua cabeça.

– O que houve? Ah... George!

George estava tirando o chapéu, as mãos ossudas pareciam de um velho.

Larissa levantou do pufe, bateu os pés no chão com força e, ignorando George, que ocupou seu lugar, dirigiu-se para o bar.

Quando retornou com um copo cheio até a borda, os três continuavam sentados. Gunther tinha levantado a camiseta transparente de Valeria e fazia cócegas nos mamilos sob a fita adesiva.

– Você é George? – perguntou ao desconhecido que tinha tomado seu lugar.

Ele fitou seu estômago antes de subir até o rosto.

Larissa não suportava ficar assistindo àquele joguinho, pensando que poucos minutos antes tinha sentido o toque de Gunther em seu braço e intuído seus olhos deslizando por seu corpo.

– Vamos dançar – ordenou a George.

Ele se levantou, era uns 30 centímetros mais alto do que Larissa, e, próximos como estavam, um parecia a fiel caricatura do outro.

– Se vai dançar, é melhor me passar o copo – disse Gunther fazendo biquinho.

– Posso dançar muito bem com o copo na mão – respondeu ela.

George parecia mais capaz de abrir caminho na multidão do que Gunther e em poucos instantes estavam no centro da pista.

Larissa ainda não tinha examinado o rosto de George, distraída por sua magreza e sua altura.

A flor nos cabelos continuava a escorregar, mas nem por um instante teve vontade de prendê-la na blusa ou guardar no bolso. George segurou a flor com o dedo um segundo antes que caísse no chão.

Era difícil dançar com ele, alto daquele jeito, e, além do mais, sentia uma necessidade irresistível de saber o que estava acontecendo entre Gunther e Valeria.

Pegou George pela mão e dessa vez foi ela quem o guiou no meio da multidão, na qual desaparecia, deixando visíveis apenas os cabelos e a tal flor, que um desconhecido tentou roubar, antes que batesse em sua mão com certa força.

Encontraram Gunther de pé diante de um grupinho. Parecia interessado em ouvir o que diziam. Inclinava a cabeça para a direita e para a esquerda, piscando os olhos com seus cílios móveis. Larissa achou que parecia um boneco, um daqueles que lhe davam medo quando era criança.

Aproximaram-se e ele dirigiu aos dois um sorriso mecânico. George correspondeu. Os olhos de Larissa se encheram de medo.

– Onde está sua amiga? – perguntou ela.

Ele fez um gesto frívolo com as mãos, como um passe de mágica:

– Sumiu.

Larissa sentia o sangue escorrer rápido demais para que conseguisse suportar aquele lugar nem que fosse por mais dez minutos.

Aproveitou a ausência de Valeria e convidou Gunther e George para irem à sua casa.

– Tenho meia garrafa de vodca e podemos comprar mais no caminho. Depois, se dermos os telefonemas certos, podemos comprar uns papelotes.

Arrependeu-se do convite antes mesmo de terminar de falar. O que queria com aqueles dois? E o que queria realmente com Gunther? A imagem das mãos de Gunther em contato com os pelos de seu púbis lhe dava nojo, e de George não conhecia nem a voz e nem mesmo os olhos, para não falar do cheiro: como farejá-lo no meio daquela profusão de corpos suados. Mesmo assim, convidou de novo:

– E então? Vamos? – A irritação ameaçava sufocá-la.

Os dois amigos trocaram olhares e em seguida, talvez nem tão ingenuamente, Gunther disse que ia procurar Valeria: talvez ela gostasse da ideia.

Desapareceu no meio da multidão.

Larissa sentia as pernas cansadas e pesadas, como se milhares de veias e capilares tivessem arrebentado: estava implodindo. Sentou bem na frente de George. Tentaram se ignorar por alguns minutos.

Quando a situação começou a ficar constrangedora, resolveram falar.

– Você é de Paris?

– Sou, mas não morei sempre lá.

– Costuma viajar a trabalho?

George pegou o chapéu que estava caindo do bolso e o enfiou desajeitadamente na cabeça.

– Posso viajar a trabalho. Sou fotógrafo. E você?

Larissa se sentia embaraçada cada vez que lhe perguntavam sobre seu trabalho.

– Bem... escrevo – respondeu.

O interesse que brilhou nos olhos dele levou Larissa a observá-los melhor: eram azuis, uma cor que ela considerava tão maligna quanto o número cinco. Estava convencida de que existia uma relação entre o número cinco e a cor azul e sempre amou os homens com os olhos cor do bosque, porque representavam o número sete. Os olhos cor de bosque mentiam muito pouco, enquanto os olhos azuis eram indecifráveis, sempre perdidos além do horizonte, excessivamente concentrados nos deslocamentos de ar.

– E escreve o quê? – perguntou ele.

– Poesias. Escrevo poesias de merda, mas a partir do mês que vem serei também uma jornalista de merda por setenta euros o artigo. Imagine!

George riu. Tinha uma risada profunda e melancólica. Larissa não conseguiu segui-la: às suas costas, Johannes tinha chegado junto com mais um de seus chapéus: aquele era de lã roxa com lápis enfiados na copa.

– Poetisa de merda, mas linda – começou ele, para em seguida cumprimentar George.

Sentou a seu lado, antes que ela pudesse fazer qualquer coisa para impedi-lo. O suéter de lã roçava na ombreira de sua camisa de seda branca.

– Pode chegar mais para lá, por favor? Está espetando – disse afastando-o com a mão.

Depois girou o tronco na direção de George.

– Não quer ir procurar Gunther? Agora que até o falso alemão chegou, tenho medo de morrer se não sair daqui nesse minuto... melhor, vou descer e espero por vocês na rua.

Quando se viu do lado de fora e acendeu um cigarro, teve a impressão de estar voltando ao mundo. Respirou profundamente a fumaça e o ar frio das horas que superavam a meia-noite. Entre todos os fiapos de pensamento que nadavam em sua mente, formando novelos, não saberia dizer por que tinha escolhido um que nunca percebera antes, mas que devia estar ali desde sempre, se é que correspondia realmente à verdade. Pensou em Gunther lá dentro, junto com Valeria, e mais uma vez sentiu um arrepio percorrer sua pele. No entanto, não era isso que a perturbava, pelo menos não exatamente. Era o desejo. Nunca tinha desejado alguém de verdade. Era a primeira vez que esse tipo de consciência abria espaço entre suas antigas certezas. Sempre tinha sido uma mulher que desejava apenas o desejo, que se esforçava muito, fazia tudo o que podia para encontrá-lo e depositá-lo posteriormente nos homens, que não passavam de máscaras. Nunca tinha desejado um homem, nunca tinha sequer desejado fazer amor com um homem: o sexo sempre acontecia por tédio ou por vaidade. Teve vergonha de si mesma, fitou as pedras sob seus pés e teve certeza de que tinha ficado vermelha.

Só descobriu muito tempo depois que, naquela noite, foi mesmo o desejo, e não um disfarce qualquer, que a fez adormecer espremida entre George e Gunther. Um pouco antes de fechar os olhos, enquanto George tossia à espera do sono e Gunther roncava, pensou que agora sim podia experimentar e usar o seu desejo. Tinha finalmente escolhido.

Já tinha escolhido na saída do *Rialto*, quando viu os dois amigos descerem correndo a escada, rindo, seguidos por Johannes e Valeria que discutiam gesticulando muito. Foram embora todos juntos no carro de Valeria, e Larissa tinha escolhido o banco de trás porque não queria ficar perto de Johannes de jeito nenhum.

O que desejava fazer estava claro mesmo quando Gunther deitou Valeria no tapete e Larissa viu sua língua explorar toda a sua boca. Porque Gunther também tinha escolhido: escolhido Larissa e George, e feito aquela escolha desde o primeiro momento, tanto que deixou Valeria ir embora algumas horas depois. Estavam todos bêbados, todos com o cérebro purpurinado pelo brilho dos gramas de cocaína que circulavam em seus vasos sanguíneos. Valeria, aliás, foi embora com uma fita adesiva a menos sobre os mamilos. Johannes conseguiu resistir mais uma hora e, quando saiu, seu chapéu já tinha perdido dois lápis. Os gatos de Larissa viram os lápis caindo no chão e trataram de pescá-los com suas garras rápidas.

Depois os três ficaram contemplando o silêncio que caiu no apartamento. Estavam sentados no mesmo sofá: Gunther fechou os olhos, Larissa prestou atenção nas brincadeiras dos gatos, George pregou os olhos no teto. Um pouco depois, ela levantou, foi até o armário dos filmes e escolheu um de Woody Allen. Colocou no DVD e precisou de uns dez minutos para perceber que era uma versão original. Gunther tinha aberto os olhos e os três ficaram olhando *Annie Hall*, embora nenhum deles seguisse realmente a história.

Gunther e George ficaram olhando para a bunda de Larissa quando ela se afastou dizendo que ia dormir, ouviram quando escovou os dentes, a descarga da privada em seguida e ainda o deslizar dos lençóis quando entrou na cama.

Trocaram um daqueles sorrisos, George disse alguma coisa a Gunther a respeito do alinhamento dos exércitos.

George só fez se estender, rígido e frio, ao lado de Larissa, sobre quem Gunther tinha se lançado às cegas. A escuridão apagava seus rostos como um tapete mágico, e a única coisa que conseguiam reconhecer eram as mãos, diferentes demais para serem confundidas. Enquanto a mão áspera e grande de Gunther usava pouca educação e muita urgência no seio esquerdo de Larissa, no pescoço corriam os dedos delicados e frios de George, que desejava que as unhas dela roçassem, com uma dor bem leve, os seus mamilos. Gunther estava de costas, as pernas abertas, a mão de Larissa na parte interna da coxa, depois os tornozelos dos três, trançados, e os lábios de todos sobre todos, as línguas escondidas nas fendas, a exibição impudica das respirações ofegantes e depois Larissa sobre George e Gunther sobre os dois, e a mão dela entre o sexo dos dois homens, a mão que aproximava os dois sexos, os três sexos religiosamente unidos, os cabelos como cascatas, quentes e pungentes, os suores deslizantes e palpáveis, os dentes sobre a carne, as unhas sobre a pele, os olhos fechados e depois abertos para a escuridão, a vida em círculo, um círculo perfeito, sem ângulos, um território lunar, gravidade inexistente, prazer inevitável, como parte de uma totalidade que se romperia se um dos três faltasse, se um dos três abandonasse aquela trilha. Era como se um ímã tivesse recolhido os pedaços de cada um e arrumado ordenadamente sobre uma tábua vazia que estivesse esperando há anos, em sua desolação, que estivesse esperando há anos para ser coberta de esplendor.

Larissa e George ainda transaram naquela noite, enquanto Gunther dormia. Tinham tesão e admitir isso foi muito fácil para Larissa, que de vez em quando lançava um olhar sobre o corpo adormecido de Gunther, reconhecendo que sentia mais atração por George, embora o cheiro de Gunther fosse capaz de penetrar suas narinas e seu coração mais fundo do que qualquer outra coisa.

Assim, acalmaram suas almas e tiveram bons sonhos.

Doze

– Sabe como nascem os cucos?

– Claro que sei. E você sabia que cada vez que um cuco canta depois do pôr do sol morre a primeira filha mulher de um camponês? – replicou Larissa.

George estava sentado numa cadeira na cozinha, tomando café.

– Bem, dessa eu realmente não sabia.

Ficou olhando enquanto ela deixava os grãos de café deslizarem dentro do moedor: o corpo nu, descomposto pelo movimento giratório da mão fechada ao redor da manivela, balançando os seios, as coxas, as bochechas, os cabelos.

George sentiu uma estranha sensação de êxtase: estranha porque em geral ficar parado no tempo e no lugar costumava enchê-lo de tristeza e medo. Mas naquela manhã se sentiu feliz em sua imobilidade, naquele tempo que não seguia nenhuma lei, naquele lugar protegido do sol e com aquela mulher recém-encontrada, com quem tinha consumado seu amor a noite inteira, mas estava pronto para recomeçar pelo dia afora.

Larissa pisou numa tira de adesivo preto que grudou na sola de seus pés. Arrancou-a e a jogou no lixo.

George se perguntou se mostrar sua excitação a incomodaria, mas viu o sorriso que ela lhe mandou enquanto servia seu café. Não teve medo e se aproximou de seu corpo nu.

109

Possuiu-a sobre a bancada lisa ao lado do fogão. Fizeram amor lentamente e sem reservas, como amantes no auge de sua história, que conhecem cada desejo secreto do outro.

Foi fácil gozar sob as investidas de George, inevitável viver alguns instantes de morte, como se o coração tivesse interrompido sua corrida no momento em que sentia o sexo dele pulsar líquido dentro dela.

Larissa arregalou os olhos, quase como se estivesse sentindo uma pontada de dor.

– Machuquei você? – perguntou George, preocupado.

Ela se deixou deslizar sobre a bancada até os pés encostarem no chão.

Larissa tinha acabado de se dar conta de que, na noite anterior, o sexo com Gunther também não tinha sido nada seguro. E de que também tinha recebido o esperma de Gaetano sem proteção, assim como sua carne.

Fez rapidamente a conta dos dias e o resultado mostrou que tinha mais sorte do que imaginava.

– Tudo certo, George. Tudo bem.

Ouviram um estrondo no quarto: com certeza, Gunther tinha caído da cama.

Foram até lá na ponta dos pés e quando o viram ao pé da cama, adormecido, sufocaram o riso atrás das mãos cruzadas.

Gunther abriu os olhos, estremeceu e murmurou alguma coisa a respeito dos papagaios.

– Acho que tem que ir cuidar de seus pássaros – sussurrou George, aproximando-se dele. Correndo o risco de arrebentar as costas, conseguiu colocá-lo de volta na cama.

– Acha que devemos acordá-lo para avisar? – perguntou Larissa.

George deu de ombros.

– Não importa, tenho que ir à casa dele de qualquer jeito. Pode deixar que cuido dos papagaios.

Larissa ficou chateada quando George fechou a porta atrás de si.

Não entendia como podia sentir uma ligação tão forte com aqueles dois homens depois de uma única noite, em que, ainda por cima, todos os três estavam alterados pelo álcool e pelas drogas. Fazia tempo, anos talvez, que não se sentia conectada com alguém como naquela manhã.

Sentiu falta do calor do corpo de Gunther e deitou a seu lado. Ele sentiu sua pele, abriu um olho que sorria agradecido e abraçou-a, puxando-a para si.

Algumas horas depois, transaram furiosamente e passaram o dia inteiro se tocando, os olhos, os ombros, e fazendo amor de novo, várias vezes, até a noite, quando George retornou carregado de sacolas de compras anunciando um grande jantar.

Gunther e Larissa aplaudiram assoviando forte e cada um escolheu seu papel: Gunther tratou dos drinques, Larissa da música e da mesa que, depois de meses de abandono, foi homenageada com um arranjo de pratos e talheres, com uma jarra de cristal no centro e tocos de velas que abriam rasgos de luz no mogno do tampo.

Pouco menos de uma hora depois, todo esse cuidado no arranjo se revelou inútil: Gunther e George pegaram Larissa, um pelos braços, outro pelas pernas, despiram seu corpo, estenderam na mesa e usaram como se fosse uma grande travessa.

Utilizando a boca e os dedos, descobriram o significado da palavra nutrição, como no tempo em que os camponeses e a terra trocavam presentes extraordinários. Representando a Mãe Terra, Larissa alimentava seus homens, que retribuíam com alimento e carícias.

O Pink Floyd voava lá no alto, ao redor da sala, concedendo-lhes o privilégio de serem, de se sentirem primitivos, mais primitivos do que todos os outros, mais primitivos do que jamais tinham sido.

Nenhum dos três pensou na palavra amor, mas nenhum dos três teve a sensação de que se tratava de uma aventura erótica de breve duração. Estavam se regenerando, hidratando os cantos secos, cicatrizando as feridas.

Era quase Natal, árvores de plástico e bolinhas prateadas brilhavam em todas as janelas. Tinham um tempo infinito pela frente, mas, na verdade, não tinham consciência do tempo e permaneceriam sem ela ainda por muitos dias.

Mais tarde, os três se deitaram no tapete com a cabeça voltada para a janela e ficaram olhando as estrelas.

– Já contei o que eu e George vimos ontem? Fale, George, conte a Larissa o que vimos ontem. Ei, George!

– E o que foi que vimos ontem? – disse o outro, tentando lembrar.

– Em Castel Sant'Angelo. O anjo! Não se lembra, George? Conte a Larissa.

Contaram a história do anjo que tentou matá-los com a cruz. Quando Larissa deixou passar alguns segundos, olhando para eles com as sobrancelhas levantadas e um cigarro nos dedos, acharam que, naturalmente, ia rir na cara deles.

– Idiotas! Não era uma alucinação.

– A gente tinha tomado um ácido, queridinha – disse Gunther.

– Claro, eu sei. Mas não foi o ácido que moveu o anjo, ele teria se mexido de qualquer jeito... quer dizer, é o seguinte: o anjo se move o tempo todo, o dia inteiro, mas como vocês são espíritos simples só conseguem vê-lo quando estão muito doidos.

Foi a vez de Gunther olhar para ela com ar de deboche. George caiu na risada.

– Pois então, você que é um espírito complexo... – começou ele.

– Espírito inteligente – corrigiu ela.

Gunther suspirou:

– Ok. Está querendo dizer que aquele anjo está sempre lá, pronto para acertar a cabeça das pessoas com aquela cruz? A gente tinha tomado ácido, amiga!

– Ai meu Deus, tenho que explicar tudo... só vou fazer isso porque adoro vocês: o ácido desinibe, amplia a percepção. Permite que vejam aquilo que não conseguem ver a olho nu e cego.

– E os seus olhos conseguem ver com clareza? – perguntou George cheio de ironia.

Larissa aceitou o desafio e fechou os olhos. Fizeram silêncio por quase um minuto.

– George, meu querido – disse em seguida –, enquanto não tirar aquelas botas vermelhas de plástico da entrada, terá um problema a mais para se preocupar.

George apertou o braço de Gunther com força, que olhou para ele com expressão preocupada.

– Ela pegou você? – perguntou.

– Claro que não! Como poderia! – O outro riu, sentindo como se um monte de insetos, formigas talvez, ou traças, percorressem seu esôfago, pressionassem o palato, prontas para serem expulsas com violência.

Larissa levantou, contrariada com tamanha descrença.

– Pois façam como bem entenderem, então!

George e Gunther riram mais um pouco e depois resolveram que não iam pegar pesado naquela noite: só três baseados, um para cada.

Enquanto enrolavam a frágil folhinha de papel com dedos seguros, Larissa continuava a ameaçá-los: a morte viria assombrá-los no meio da noite.

– Invocarei todos os espíritos que puder – dizia tentando enfiar vestido e meias.

Mais tarde, fizeram o que qualquer casal cansado e apaixonado faz à noite, antes de ir dormir: deitaram os três no sofá, braços e pernas enovelados como laços de Natal.

– O que faremos no Natal? – perguntou George aos amantes adormecidos.

– Pensei que ia voltar para Paris – disse Gunther com os olhos fechados e o esboço de um sorriso satisfeito nos lábios.

– Deem um jeito de eu ficar com vocês – implorou Larissa, com um tom tão aflito que dava para imaginá-la deitada com as mãos juntas sobre o coração – ou serei obrigada a passar o Natal com minha mãe.

George levantou e foi ao banheiro.

Gunther aproveitou para falar com Larissa sobre os papagaios. Começou descrevendo o formato dos bicos das diversas espécies:

– Eu, por exemplo, não gosto dos bicos recurvados das araras. – Depois, passou para os elogios às plumagens e capacidades intelectuais.

– As cores das penas são muito vivas e a inteligência é igual à de uma criança de 5 anos; são afetuosos como os cães ou gatos; dão beijos na boca, imagine só, beijos na boca, mas sem língua; reconhecem suas mãos e seu cheiro; se forem acostumados, se deixam acariciar, mas entre eles são violentos; fazem amor como uma dança...

Mas Larissa já estava sonhando. Uma equipe de cinema tinha invadido sua casa, transformando-a num complexo industrial onde maquiadores, costureiros, eletricistas e o próprio diretor se transformavam em zelosos operários. Larissa saía em busca dos gatos e encontrava um deles escondido num canto: a barriga estava furada abaixo das costelas, com os buracos cobertos por uma película transparente. Com a respiração, a película se inchava, como uma guelra em busca de oxigênio. Mais adiante, o outro gato estava imobilizado sobre duas estacas de madeiras dispostas na horizontal, estendido de lado e exibindo os mesmos trágicos buracos nas costelas.

Uma porca, colocada sobre uma mesa com um grande buraco no centro, 10 metros acima do gato, paria seus filhotes num desespero de dor, aquela dor enorme que faz os porcos chorarem como recém-nascidos aterrorizados.

Os porquinhos recém-paridos deslizavam da vagina da mãe para o buraco da mesa e caíam no vazio, cruzando o espaço que havia entre a mãe e o gato e atravessando seu corpo de um lado a outro.

Quando o porquinho saía do outro lado do corpo do gato, já tinha se transformado num frango depenado, de coxas abertas, que era imediatamente embalado para ser consumido nos supermercados.

Larissa saltou como o coice de uma pistola: Gunther e George dormiam de barriga para cima, cada um de um lado; ainda mergulhada no sonho, de olhos abertos, mas cegos, convenceu-se de que George tinha atravessado seu corpo de lado a lado e se transformado em Gunther. E naquele estado de êxtase, tinha certeza de que estava vivendo o raríssimo privilégio de ver o antes e o depois de um corpo no ato da sua transformação. Mas não precisou de muito tempo para perceber que não se tratava de nenhuma mágica tenebrosa: na realidade a história era ainda mais mística, mais espetacular: Larissa estava grávida.

Segunda Parte

Buenos Aires

Treze

A decisão foi tomada durante a noite. Deu tempo até de organizar um jantar de despedida com todos os amigos. Larissa sentiu que devia comunicar sua intuição a George.

Naqueles dias, havia reencontrado o desejo de escrever e a reconciliação com suas palavras, antes perdidas, mortas, penduradas nos fios inúteis do desencanto, foi mais forte do que o medo. Suas mãos frenéticas alisavam as folhas cor de marfim do caderno, as unhas roçavam as linhas negras horizontais a cada movimento veloz da caneta, e as ideias brotavam, naquela arcaica sensação que partia do umbigo até seu peito.

George lia poesias de Maiakovski deitado no sofá, tão sensível às afinidades do poeta russo com o poeta que ele amava e que partilhava com uma mulher, ela também sua amada, que um movimento de ternura estremeceu a base de seu nariz, onde seus olhos pequenos e móveis se ligavam.

– George, preciso lhe dizer uma coisa. – Larissa apareceu na sala enrolada num grande cobertor de lã vermelha e com uma longa trança que descia pelas costas. Os pés descalços pareciam quentes, assim como as faces, assim como o sangue que a luz da lâmpada revelava sob a pele transparente.

George bateu com a mão no sofá, a seu lado. Havia naquele gesto alguma coisa que fazia com que se sentisse adulto, repentinamente homem. Fazia muito tempo que não cuidava de uma mulher, tempo demais.

Larissa sentou com respeito, o mesmo respeito que sua avó demonstrava quando vinha visitá-la e tocava suas coisas, dormia em sua cama, sentava em suas poltronas: como quem sabe reconhecer os territórios e observar suas regras.

— Posso escolher o caminho longo? Quer dizer: posso começar lá do início?

George sorriu, Larissa levantou, saiu correndo para o quarto e reapareceu em seguida, animada e agitando uma folha de papel de seda.

— Tem alguma ideia do que seja um mapa astral? – perguntou, fitando-o com autoridade.

George sacudiu a cabeça.

— E acha que Gunther está nessas mesmas péssimas condições?

— Acho que sim.

— Então temos um problema... temos que chamar Gunther. Onde está Gunther? É importante que ele também saiba. – Suas cordas vocais vibravam os erres nervosamente, como molas esticadas.

— Foi se encontrar com um sujeito que queria comprar um casal de papagaios.

— Certo. Deve estar com aquela Annabella lá, aquela, como é mesmo o nome, que cobre os mamilos com fita adesiva preta... Ouça, minha intuição chegou agora, devo anunciá-la agora, Gunther sempre perde as ocasiões, não é problema meu.

Arrumou a folha sobre a mesinha ao lado do sofá. Um círculo grande continha dois círculos menores. Larissa chamou aquilo de "superposição dos céus".

Dentro da cada círculo havia signos desenhados e, no centro do menor deles, linhas que interligavam esses símbolos.

– Você não precisa entender tudo, não tenho tempo para explicar. Mas vou fazer isso um dia, você parece bastante receptivo. Gunther também é, talvez até mais que você, não se ofenda. Está vendo essa lua aqui? – disse Larissa, indicando uma meia-lua colocada no polo norte do círculo.

– Essa é a Deusa Mãe. É ela quem governa a vida das mulheres, ela que ordena a maternidade, que dispõe a concepção. Eu, por exemplo, tenho a Lua em Leão, o que significa que tenho uma grande necessidade de viver a experiência da maternidade. Basta pensar nas leoas ou nas gatas, não? São as melhores mães do mundo, são as mães de todos, tão predispostas para a defesa da prole quanto para a sua alimentação... Estou divagando, George, estou divagando.

– Continue – disse George esticando as pernas na frente do sofá. Estava se divertindo muito, seguindo a luz que jorrava dos olhos de Larissa, enquanto a calefação e o calor de seu entusiasmo pareciam querer derreter sua trança.

Apontou para outro símbolo.

– Esse é Júpiter. Viu como está perto da Lua? Estão grudados! Pois, em conjunção com a Lua, Júpiter torna a mulher redonda. Há alguns meses, os dois estavam colocados em lados completamente opostos, a linha que os unia cortava o círculo pela metade. Agora são vizinhos, estão grudados, como eu disse. Está vendo?

Os dois viraram para a porta de entrada: tinha rangido. Depois se ouviu um baque no chão e a campainha tocou.

Larissa foi abrir com o mapa astral na mão. Na soleira, sua mãe olhava para ela com olhos frios e vazios. A seus pés jazia uma caixa de papelão. Esticou o pescoço além das costas da filha, intuindo a presença de convidados.

A primeira e silenciosa prece de Larissa foi para Gunther: se ele também chegasse naquele momento, tinha certeza de que a mãe ia perceber tudo. E, sem dúvida, ia desprezá-la por viver com dois homens e ofendê-la diante deles. A segunda prece foi para que fosse embora o mais rápido possível, seu mapa astral já tinha sido muito prejudicado pela presença da mãe. Aquela Lua, aquela Mãe distante de tudo, de todos aqueles planetas que exigiam amor e compreensão e recebiam sentimentos distraídos, todos eles muito distantes de sua mãe, da Lua, daquela Lua agora tão próxima de Júpiter que sugeria a possibilidade de que Larissa poderia fazer o materno físico e o materno ideal coincidirem dentro de seu corpo, numa enorme, cósmica maravilha.

— Não está sozinha — disse a mãe.

Larissa resolveu desafiá-la: ia convidá-la a entrar, talvez até revelasse a existência de Gunther. Quem sabe assim ela fugiria, desapareceria de uma vez por todas de sua vida!

— Está bem, entre, me dá aflição ver você aí plantada do lado fora.

Ela arrastou a caixa de papelão para dentro, sob os olhos desgostosos da filha.

— O que é isso?

Não respondeu e dirigiu-se para a entrada da sala onde George fingia ler. Ele levantou os olhos, percebendo uma espécie de ameaça no rumor de seus saltos sobre o parquê. Olharam-se intensamente, o tempo necessário para que Larissa não suspeitasse, cumprimentando-se com ar de quem não tem nenhum interesse no outro, escondendo um constrangimento tão forte quanto inexplicável.

— Essa é a minha mãe, esse é George. O que veio fazer aqui? O que há nessa caixa?

A outra girou ao redor da caixa e, de costas para George, inclinou-se para retirar alguma coisa.

Se Larissa empurrasse sua mãe para dentro daquela caixa e fechasse o embrulho com fita adesiva marrom, haveria alguma esperança de salvação?

Teve a tentação de mostrar seu mapa astral, mas deixou que a mãe pegasse o Hermes do prêmio de poesia, deixou que preparasse o centésimo café do dia, que sentasse ao lado de George, tirasse os sapatos e massageasse aqueles pés atarracados que sempre detestou, que acendesse um cigarro e falasse com um George calmo e mudo, tentando usar aquele mistério feminino que praticamente não possuía.

Larissa deixou que tudo isso acontecesse, que a vaidade de sua mãe explodisse dentro daquela casa recentemente acariciada pelo amor, florida depois de um longo inverno.

Em seguida, acompanhou-a até a porta com muito cuidado, ágil sobre o pavimento, o coração batendo em oposição à mente.

E foi diante da porta que disse:

– Mamãe, acho que estou grávida.

Sua mãe olhou para ela franzindo o queixo e disse, desaparecendo no elevador:

– Espero que o pai não seja aquele lá.

Não voltaram a se ver.

– Não, vamos esperar Gunther.

– Mas antes você estava pronta para me revelar o grande segredo... – disse George, e sua mão desapareceu dentro das calcinhas dela.

– Antes era antes. Você precisa se convencer, George, de que é impossível dar um sentido às coisas quando minha mãe está por perto. Pode acreditar em mim, vamos esperar Gunther. Nesse meio-tempo, vamos trepar um pouquinho, se tiver vontade.

O que George poderia dizer? Na verdade, a tensão daquele encontro havia bloqueado qualquer impulso amoroso nele, mas em Larissa a tensão atiçava a vontade. Acontecia muitas vezes de desejar sexo quando tinha o peito e a cabeça cheios de pensamentos horríveis: assim conseguia afastá-los, a golpes de orgasmos fáceis e rápidos.

Esperaram Gunther e saíram, os três juntos; ventava muito, mas cheios de energia como estavam nada poderia perturbá-los. Dentro de um bar entupido de gente consumindo cocaína, no qual as mulheres usavam leggings de oncinha e os homens chapéus de feltro e jaquetas de couro, examinaram os casais sentados a seu redor e se sentiram ainda mais fortes: estar em três não era, como muitos pensavam enquanto eles trocavam beijos, dividir a energia em três partes e, portanto, enfraquecê-la. Era exatamente o contrário: o amor precisa ser multiplicado e quanto mais se multiplica, mais aumenta a sua energia, e trocar energia triangularmente equivale a tornar infinitas não apenas as possibilidades do corpo, mas também as metas do espírito que qualquer relação mais tradicional teria dificultado. Por que aquela mulher oferecia a língua primeiro a um, depois ao outro? E por que aqueles dois homens se beijavam como se fossem um homem e uma mulher? Buscar respostas para aquelas questões dramáticas levou os fregueses do bar a cheirar mais cocaína, cada vez mais cocaína, afogada dentro de caríssimos copos de daiquiri e Vodka Lemon. Aqueles casais marmóreos tinham segredos inconfessáveis, cada um deles colecionava três ou quatro amantes, todos escondidos, sepultados sob uma capa de hipocrisia.

Larissa viu que George observava um casal vizinho, dois trintões com muito estilo e poucos sorrisos, e disse:

— Todo mundo já viu, pelo menos uma vez na vida, um casal triste e mudo sentado na mesa ao lado.

— Acha que realmente não têm mais nada a dizer um ao outro?

— Vou lhe dizer como funciona: tem gente que não foi feita para ficar junto. Quer dizer, para mim existe alguém realmente perfeito, ou melhor, compatível com cada um. Mas a maioria das pessoas não tem vontade nem paciência, para não falar de coragem e paixão, para viajar, procurar e encontrar alguém que seja realmente a pessoa certa. E então, o que acontece é que se contentam com o menos ruim e, na melhor das hipóteses, acabam sentados em algum lugar, um na frente do outro sem nada, absolutamente nada a dizer. É assim que funciona – tocou o rosto: estava pegando fogo.

– Também pode ser – disse Gunther – que só tenham brigado.

– Pode ser – confirmou ela.

Catorze

Larissa não andava de avião havia anos. A última vez, estava voltando de Cuba, depois da lua de mel com Leo.

Tinha reconhecido, naquele pânico que fechou sua garganta de repente, um drama ainda mais profundo, que crescia cada vez que o medo a obrigava a apertar a mão de seu marido. Era claro que aquela tragédia tinha sido gerada diretamente pelo seu casamento, no qual ela insistia em acreditar e que não queria ver desfeito: a força que usava para manter viva aquela relação tão recente se transformava num medo profundo.

E assim, Gunther, Larissa e George caminhavam pelo aeroporto de Roma, cansados, suados e carregando uma novidade, ainda tímida no ventre de Larissa. Alguns dias antes, ela tinha pedido a Gunther que comprasse, por favor, um teste de gravidez. Ele se lançou prédio abaixo com os olhos ainda inchados e remelentos. Retornou alguns minutos depois, rasgou a embalagem, retirou a haste com uma linha marcada na ponta e entregou a ela. Ela saiu do banheiro antes que o resultado ficasse pronto e os três esperaram juntos, com os cotovelos apoiados na mesa e as pernas nervosas, para ver se uma segunda linha aparecia, e quando a segunda linha apareceu, as pernas pararam e os três se sentiram sozinhos e com um destino comum a ser compartilhado. A primeira coisa que ela pensou em dizer foi: "Não disse? Estava claro no meu mapa astral", mas na hora limitou-se a tocar a barriga, num gesto ingênuo, como quando as mulheres correm e levantam a barra da saia ou da calça com medo de tropeçar. Foi assim que a certeza da gravidez guiou a mão de Larissa para o próprio umbigo, enquanto os supostos pais, não tendo familiaridade com esses gestos, pois sua memória não guardava os gestos de seus pais, ficaram ali, parados, buscando uma solução para aquela história.

Gunther, como costumava fazer quando se preparava para dar início a um longo discurso, acendeu um cigarro e fumou até o filtro em silêncio, caminhando pra lá e pra cá na sala. Ia acabar falando, mais cedo ou mais tarde: George e Larissa esperavam, também em silêncio. Ele, repentinamente carregado de uma ansiedade que tinha desaparecido nas últimas semanas, desde que começou a viver naquela casa; ela, tomando a decisão de consultar o tarô.

Uma jovem Rainha de Copas massageava o próprio ventre inchado protegido pela seda vermelha. A seu lado, dois cavalheiros. O primeiro, de cabelos dourados e coroa de flores na cabeça, parecia dançar uma música que emanava da natureza e se espalhava a seu redor. O outro era O Mago, impaciente procurando entre os objetos espalhados na mesa aquele que, como espelhava seu olhar angustiado, poderia salvar sua vida.

A quarta e a quinta cartas mostravam uma terceira figura masculina, um Rei de Copas, com uma excêntrica barba vermelha, absorto, com um quê de maligno e eterno, imponderável. Em seguida, O Carro: uma viagem seria necessária, o encontro era imprescindível.

Talvez, pensou Larissa, talvez fosse verdade o que defendiam certas tribos amazônicas ou talvez africanas, talvez seu útero tivesse sintetizado o esperma de três homens para gerar um filho que era fruto não de duas, mas de quatro pessoas. Seria uma experiência excepcional e Larissa não tinha a menor intenção de renunciar a ela.

Depois Gunther tossiu, freando seus pensamentos tumultuados, e começou a falar.

Quinze

O trânsito de Saturno tinha passado por sua Vênus natal quando, anos antes, Larissa desejou um filho mais do que desejava continuar sua história com Leo. Jamais poderia enganá-lo, como muitas fêmeas de sua espécie costumavam fazer. Nela persistia, como uma agulha enfiada no crânio, a ideia de que um filho deve ser buscado, desejado, e não descoberto por acaso ou por engano.

Todo dia esperava que Vênus expulsasse de uma vez aquele Saturno obstinado, aquele Saturno que tinha aberto uma fenda em seu casamento, e o mandasse para o exílio até que um novo sêmen, uma nova consciência espermática reconhecesse nela uma mulher a ser engravidada, preenchida de espera e projetos, de amor encarnado, amor desejado.

E aconteceu que, enquanto Saturno solicitava a volúvel Vênus, Urano resolveu que havia chegado o momento de intervir, sugerindo a Larissa que tomasse uma decisão: ou aquele marido provedor de certezas materiais, mas incapaz de satisfazer seus instintos primitivos, ou uma espera que poderia durar a vida inteira, uma esperança em suspenso sobre seu corpo jovem que certamente iria envelhecer, assim como o seu desejo de ser mãe poderia se tornar velho e desesperado; escolheu o tempo e suas vantagens. Mas, ao recusá-la, Larissa atraiu as antipatias de Vênus e nem a Lua em sextil com Júpiter conseguiu convencê-la a retornar.

A hora havia soado, Larissa estava grávida e ainda jovem, óvulos perfeitos dentro de um corpo pronto para nutrir e parir: que Vênus retornasse, retornasse para irrigar seu sangue!

Agora estava grávida e a certeza havia passado dos astros para as ciências, e as testemunhas eram aqueles dois homens que olhavam para ela com ar de quem tinha muitas perguntas, mas nenhuma resposta.

Mas um brilho no olhar de Gunther alimentou as esperanças de Larissa e de George, que buscavam uma solução possível: ela nas cartas, ele no esquecimento.

– O espinho espirra da rosa espinha a rosa da espira inspira a rosa com o espinho-rosa inspira com a rosa o espinho da rosa inspira pelo espinho se a rosa espirra é pelo espinho, mas se inspira a rosa inspira o espinho – disse ele, perdendo o fôlego, dando aos dois um sorriso satírico e acendendo mais um cigarro.

– Imagine só, Gunther, estava com medo de que você dissesse algo inteligente... desculpe, realista... para tentar entender alguma coisa... – disse Larissa, estalando os dedos. Agora, o sátiro tinha se transformado numa espécie de deus, seguro dentro de sua casca, surpreso com o fato de que aquela mulher, aquela mortal, ainda não tivesse visto claramente os sinais de sua solidariedade.

– Mais realista que isso... – respondeu ele.

Larissa virou para George, talvez ele possuísse a chave da compreensão. Parecia envelhecido de repente: rugas horizontais e verticais cercavam seus olhos ainda menores do que já eram, os lábios estreitos pareciam ter medo de revelar.

– Podemos parar de brincar, nem que seja por alguns minutos? Podemos parar de agir feito uns babacas, pelo menos enquanto não resolvemos essa coisa absurda? – Larissa finalmente buscou conforto numa cadeira. Uma nova sensação invadia seus músculos: agora se sentia frágil, estava certa de que ia se desmanchar, mas havia algo dentro dela, algo que precisava de sua atenção. Uma substância feita de água e fogo se deteve em sua garganta incendiando o rosto.

– Não tem coisa nenhuma para resolver, Larissa – disse Gunther –, nós somos os seus homens, você é a nossa mulher e esse é o nosso filho.

A cabeça de George virou num salto para Gunther e Larissa interceptou o movimento.

Gostaria de dizer imediatamente: "Vocês não são os únicos candidatos", era o que diria, protegendo George do medo e Gunther do entusiasmo, aliviando aqueles sentimentos que explodiram quando a linha vermelha veio interromper a paz adquirida naqueles dias de amor compartilhado.

– Já falei com vocês a respeito de Gaetano? – perguntou cortando o silêncio.

Um dos gatos miou para Larissa, como se quisesse lembrar que ele, sim, lembrava muito bem: "Esteve aqui algumas semanas atrás e penetrou em você." Depositou suas esperanças na magia, esperou que o gato enchesse suas cordas vocais de inteligência e falasse no lugar da dona, assombrada pela primeira vez pelo medo de que George e Gunther a abandonassem. Como se, de repente, a história tivesse se tornado complicada demais e ela fosse igual às outras, pronta para destruir toda a liberdade e alegria numa única manhã, graças a um teste de gravidez.

Mas o gato não falou e Larissa se obrigou a contar.

– Onde ele está agora? – perguntou em seguida Gunther, que parecia o mais chocado com a notícia.

– Em Buenos Aires – bufou Larissa –, onde passa metade do ano.

George recuperou as cores e parou de brincar com a rolha do vinho, mas para não assustar demais os seus amantes tentou expressar com convicção um ciúme que não deixava de ser lisonjeiro, mas que Larissa considerou extremamente inconveniente.

– Você encontrou com ele recentemente? – perguntou George, e o silêncio de Gunther obrigou Larissa a responder.

– A última vez em que estive com ele, ainda não conhecia você.

– Mas a mim você conhecia... já tínhamos transado? – interveio Gunther.

– Sim, já tínhamos, e você continuava a não me agradar muito, Gunther. Pretendia então uma fidelidade que recusa agora? – desafiou.

Gunther ficou em silêncio e dessa vez foi George quem começou a andar pra lá e pra cá na sala, com os pensamentos completamente confusos. A chuva caía lá fora, mas os aquecedores envolviam as paredes da casa numa tepidez apaixonada. Os três pararam de fingir, cada um deles consciente de que encontraria sinceridade nos outros, e então foi fácil confessar.

– Ainda gosta dele? – perguntou George a Larissa.

"Gosto", pensou ela e foi o que disse.

Para Gunther a história era simples: tinham que partir imediatamente, ir ao encontro desse Gaetano em Buenos Aires.

Para dizer a verdade, existiam muitas outras possibilidades, mas nenhum deles queria levá-las em consideração.

Dezesseis

Tinham três passagens e o endereço de uma casa em San Telmo. Gunther aceitou vender todos os seus papagaios a um amigo, também criador. Abriu as janelas para as duas gralhas trazidas recentemente para a casa de Larissa (ela pediu uma grelha e ele apareceu com dois filhotes de gralha nas mãos), mesmo porque os gatos estavam prontos para dar o bote. O cachorro de Gunther ficou com Daniele, o passeador de cães, os gatos ficaram aos cuidados de Ada, que ficou muito feliz ao saber que Larissa estava namorando George, mas não ficou sabendo que Gunther também era seu namorado. Havia coisas que Ada, uma amiga querida, não podia entender e aquele ménage era uma delas. Ada veria apenas as trágicas consequências daquele tipo de relação: "O equilíbrio já é tão raro num casal, imagine em três", diria, e Larissa sabia que, ao contrário, o equilíbrio se sustenta melhor em seis pernas do que em quatro. Portanto, calou-se e tratou, com muito sacrifício, de também não dizer nada sobre a gravidez. Ada era uma mulher que, na vida, escolhia os homens de acordo com a ocasião e com seus objetivos: um homem para a primeira relação sexual, outro para lhe proporcionar as alegrias do sexo anal, um para ser seu namorado e outro que, na hora certa, seria o pai de sua única filha. Para ela, era impossível reunir todos aqueles homens, nem que fosse romanticamente, numa única pessoa, e assim pegava os pedaços de cada um e tentava construir uma vida, pedacinho por pedacinho.

Larissa tinha certeza de que a amiga tinha Vênus em Virgem: era a única explicação. Com aquela disposição planetária, nunca seria capaz de entender as razões de uma mulher que escolheu viver com dois homens, que engravidou sem querer de alguém que não sabia quem era, que ia botar a criança no mundo e estava disposta a criá-la com os três pais, com um só, com dois ou até sozinha, se todos desistissem. Assim, inventou que George tinha comprado duas passagens para Buenos Aires, onde passariam o ano-novo.

Os bicos dos seios cresciam, se projetavam, se ofereciam ao mundo, duros sobre as aréolas inchadas, santíssimas, regurgitando vida (os santos têm inveja delas, pensava Larissa se olhando nua no espelho, os santos invejam a santidade natural das mulheres, santas porque geradoras, santas porque o sexo de mulher é uma enseada que recebe, cria e depois dá à luz, que se presta ao ato de amor mais supremo), bicos que os grossos suéteres de lã já não conseguiam esconder e se esfregavam livres contra o tecido.

Enquanto observava as duas testemunhas diretas daquelas mudanças espetadas em seu peito, Larissa sentiu todos os medos se dissolverem como sombras apagadas por um poderoso raio de luz. Até o dinheiro para as passagens aéreas deixou de representar um problema intransponível. O anel de rubi de sua avó, a estátua de Hermes, a coleção de DVDs eram objetos dos quais, no fundo, podia muito bem se desfazer. Queria ver a reação de Gaetano diante da notícia e queria fazer isso acompanhada dos homens que amava e guardava dentro de si como um apêndice de si mesma. Enquanto George satisfazia as exigências de Larissa de viver uma vida mais calma e, sob vários aspectos, misteriosa, Gunther lhe fornecia as infinitas possibilidades do sonho e da magia, aquela estranha eletricidade, quase visível a olho nu a cada vez que se tocavam, e os explosivos, apocalípticos orgasmos sincronizados. Pela primeira vez, percebeu tudo o que cada um dos dois representava em sua vida e escolheu qual dos seios que estava admirando no espelho representava idealmente cada amante: para Gunther, o de mamilo mais inchado e mais escuro; para George, aquele que prometia, no futuro mais próximo, as maiores quantidades de leite.

Foi para o quarto com intenção de se oferecer aos dois e encontrou-os um contra o outro, os dedos apertados em torno dos respectivos sexos duros, bombeados pelo desejo. Desejou, parada num canto onde não podiam vê-la, ser invisível, substância sutil, apertada entre eles, fechada entre suas línguas, protegida por seus peitos. Na verdade não queria transar: queria ser parte deles, desaparecer dentro deles, ser o céu entre um e outro. Por um instante, um instante muito breve, sentiu ciúmes e por um átimo de segundo ainda mais breve teve a impressão de que sua presença era inútil, de que eles conseguiam ser perfeitos assim também, naquele leito desfeito com os joelhos de um apontados contra os do outro.

O abajur aceso sobre a mesinha de cabeceira lançava luz sobre o corpo imberbe e liso de Gunther, e seu pau aparecia e desaparecia entre os dedos magros de George, que parecia gozar como Larissa nunca o tinha visto gozar, a cascata dos cachos jogados para trás e a boca escancarada, pronto para jorrar o seu prazer. Gunther mantinha os lábios e os olhos contraídos numa expressão séria e definitiva: era o macho alfa, era ele quem dirigia o jogo. Larissa, agora como espectadora, percebeu uma coisa interessante: como devia ser difícil para George dobrar Gunther a seus desejos! Nunca tinha pensado nisso: para ela, era natural submeter-se a Gunther, assim como era natural sentir seu peso em cima dela, sentir sua fúria esmagá-la. O corpo falava mais do que as palavras poderiam admitir: dominar George como se ele fosse um vale e ela a montanha era uma coisa que satisfazia aos dois, enquanto com Gunther recuperava os instintos animais, como se o sexo os jogasse dentro de uma selva e ela fosse uma elefanta recebendo o imponente elefante ou como dois macacos trepados num galho. Mas George e Gunther eram especulares, semelhantes como duas mãos unidas no meio do peito: eram uma prece sublime, e Larissa não teve vontade de perturbá-los.

Então ligou para Gaetano e sentiu alguma coisa se mexer dentro de seu ventre.

Dezessete

Um documentário mostrava as tartarugas marinhas na viagem que elas faziam a cada dez anos para a praia onde nasceram, para que a mesma praia parisse a nova geração de tartarugas, que brotariam dos ovos que elas escondiam na areia. Os filhotes de tartaruga despontavam naquela extensão granulosa e brilhante e, pisoteando-se uns aos outros, corriam em direção ao mar, onde nadariam para o resto de suas vidas, até que o instinto levasse cada tartaruga de volta à mesma praia, para depositar novos ovos, trinta anos mais tarde.

O instinto materno, mais do que qualquer outro, leva as novas mães a se reconciliarem com o espaço que as viu nascer: voltar às origens é um voo migratório que todas as mulheres realizam numa certa altura da vida, quando de filhas se transformam em mães. Mas Larissa tinha visto aquela possibilidade se evaporar diante dela. Sua praia lhe foi negada. Desejava aquela criança e desejava ardentemente ser mãe, mas de quanto tempo precisaria para se reconciliar com o útero de onde provinha e para, enfim, aceitar o seu próprio útero?

– Tenho pensado muito em você – foi o que Gaetano tinha acabado de dizer no telefone. – Por que não me ligou antes?

– Foi você quem não ligou – respondeu Larissa.

– Da última vez em que nos vimos, você não parecia muito contente em estar comigo.

— Sabia que você iria embora. E foi o que aconteceu.

De repente, não conseguia mais seguir adiante. O que poderia dizer? Que estava grávida? Que vivia com dois homens? Que seu útero caprichoso tinha virado sua vida de cabeça para baixo?

Esperou que ele falasse primeiro.

— Por que não vem?

— Para onde? – perguntou ela, cansada.

— Para cá. Para Buenos Aires. Tenho vontade de ficar com você, comer com você, fazer amor com você, dormir com você... e tive essa vontade o tempo todo. E você?

Larissa estava enjoada. A falta de respeito que aquele homem demonstrava para com ela superava sua já tão alta capacidade de suportar as coisas. No entanto, sobrevivia nela uma pequena sombra que a empurrava para ele, para o seu sexo, para a ideia de seu peito que gostaria de agarrar com as duas mãos, como se escavasse, escavasse, escavasse até encontrar a fonte de seus mistérios. Não existiam reservas de amor para Gaetano, já que todo o amor que ela podia conter estava sendo derramado sobre Gunther e George, sobre ela mesma e dentro de seu seio até o ventre.

— Eu vou – disse e esperou tocar no solo argentino para falar da criança. Precisava olhar Gaetano nos olhos para ver se devia revelar a sua nova condição: se aqueles olhos de bosque, número 7, paridos diretamente por Plutão, profundos como um pântano, eram capazes de falar, Larissa estaria pronta para ouvir e, só então, tomaria a sua decisão.

George fez sua entrada na sala, enrolado numa toalha.

— Poderia se secar, por favor? Não suporto ver esses pingos d'água pelo chão todo – disse ela, irritada, indicando seus cabelos que pingavam.

Ele tirou a toalha dos quadris e enrolou na cabeça.

— Quem era no telefone? – perguntou.

– Era Gaetano. Já decidi, vou até lá. E vocês dois vão comigo.

As últimas palavras brotaram como se tivessem sido arrastadas por um rio oleoso poluído de várias substâncias: aquela imagem fez o vômito subir por sua garganta e teve a impressão de que seu rosto nadava no ar e não conseguia aterrissar.

George tinha mudado naqueles últimos dias: seus olhos olhavam para ela com desconfiança e irritação, e as mãos a acariciavam como se quisessem confortar a si mesmas, incapazes de transmitir o amor de que ela necessitava.

Larissa sentiu-se no direito de fazer uma pergunta, embora o fato de ter que perguntar ferisse mais do que qualquer rejeição.

– Você me ama? – perguntou, incapaz de compreender os pensamentos de George até o fundo. Com o tempo, os muros poderiam cair, se Larissa insistisse o suficiente. Mas George dava a impressão de que não queria ceder: intacto e imóvel, sabia calar qualquer sentimento.

Ele fechou os olhos e abaixou os cantos da boca.

Provavelmente sim, mas não era sobre isso que queria falar.

O problema era Gaetano.

Compartilhar Larissa com Gunther era tão natural quanto amar os dois: juntos, eles formavam a mesma pessoa, só podiam ser amados juntos, nunca separadamente. Sem Gunther, Larissa jamais teria entrado em sua vida. Talvez George fosse o único que, até aquele momento, tinha encontrado um sentido lógico no interior daquela relação absolutamente ilógica (pelo menos aos olhos dos outros), o único que afirmava que aquele amor só podia se realizar daquela forma.

Qualquer ideia que Larissa tivesse sobre Gaetano precisava ser destruída: esse era o ponto de partida para George.

Numa explosão de ciúme e medo, insultou Larissa como nunca pensou que seria capaz de fazer com alguém.

– Você é covarde – disse rangendo os dentes –, devia saber de quem é essa criança, não pode nos deixar mergulhados na incerteza, não pode pensar em mudar nossas vidas dessa maneira, o que está acontecendo conosco é um absurdo, Larissa, um absurdo.

– Sim, é absurdo, George. Mas não podemos, não suportaríamos ser iguais a toda aquela gente lá fora, aquela gente medrosa que detestamos, aquela gente que afastou da própria vida todas as coisas que são tão importantes para nós. Gaetano – pronunciou aquele nome como se estivesse se referindo a uma figura mitólogica, que nunca existiu. – Gaetano não é o homem da minha vida e nunca foi. E se lhe contasse quantas vezes por dia consulto a Lua para obter essas respostas, você não acreditaria.

– E o que tem a Lua a ver com isso? – perguntou ele, irritado com a insistência de Larissa naquela maluquice.

– É tudo culpa da Lua, George, ainda não entendeu isso?

– Detesto essa sua conversa de astrologia. Você está na Terra, cacete!

Ela ergueu as sobrancelhas. Parecia impossível que George não entendesse a importância da Lua em sua vida.

Resolveu começar tudo de novo, desde o início: perguntou sobre sua mãe.

– O que tem a minha mãe? – explodiu ele, enchendo pela segunda vez a taça de vinho.

– A Lua é a Mãe. Se você não entender o papel da Lua, pode perder a esperança de entender como estou me sentindo nessa situação. – Aquelas palavras soaram ridículas até para ela, mas seria ainda mais ridículo calá-las: se estava revelando tudo, por que abandonar o trabalho pela metade, justo agora?

– Quer saber de uma coisa? Vá à merda! – gritou ele esguichando vinho na parede.

Ela não tinha mais palavras. Sentia-se seca e transparente. A única solução era consolar-se na escuridão e nos sonhos.

Procurou por Gunther, caído na cama depois do sexo, e grossas lágrimas rolaram pelo seu rosto quando ele sussurrou um infinito, firme, decidido:

– Eu te amo.

Dezoito

No avião, Larissa e George tinham afogado as próprias fobias em fones salvadores que disparavam música em alto volume.

Antes da decolagem, o celular de Larissa anunciou uma nova mensagem: "O que houve com os artigos que combinamos?"

Lembrou que tinha assumido um compromisso e que não tinha mais a menor condição de cumpri-lo.

– Teremos que viver em Buenos Aires – disse então a seus amantes, sentados a seu lado.

– E como vamos fazer para o visto? – perguntou George, entupido de Valium.

– Vamos e voltamos à Bolívia a cada três meses. Podem acreditar, com a crise que se espalha na Itália, é melhor se mudar, buscar novas alternativas... – disse ela, tentando se fazer de forte: se as coisas não funcionassem como esperava, não sabia realmente como poderiam sobreviver.

Gunther pegou sua mão e levou aos lábios.

– Então é verdade que você é a mulher da minha vida... – disse. Larissa se sentiu no dever de olhar para George para verificar se tudo continuava como antes.

Ele sorriu, nervoso, mas foi mais fácil adivinhar que estava angustiado com a decolagem iminente.

Antes que as portas se fechassem, Larissa mandou uma última mensagem para Francesco, seu editor.

"Depois de uma leitura atenta, minhas cartas confirmaram o que já vinha pensando há muito tempo: você vive mergulhado na ilusão da própria vida, mas está morto. Muito engraçada a sua concepção do poder."

Estava satisfeita.

Gunther começou a compor poesia.

George rezou para não ser engolido pelas nuvens.

Nenhum deles notou o olhar perplexo da aeromoça, quando os surpreendeu dormindo de mãos dadas.

Chegaram a Buenos Aires.

– Olhem! Viram as águias? – exclamava Gunther apontando para fora da janela.

Larissa e George, totalmente sem forças, estavam caídos no banco traseiro do táxi e concordaram em silêncio, sem coragem de olhar para fora.

Trocaram um olhar: aquele homem era incansável, tão maravilhosamente cheio de energia vital e tão generoso compartilhando-a, que enchia Larissa de ternura e George de esperança.

– Não estou a fim de me encontrar com ele já – declarou Larissa assim que tocaram o solo, a propósito de Gaetano. Mas George não sabia de uma coisa que tinha mantido os outros dois acordados a noite inteira: Gunther finalmente encontrara as palavras certas para expressar sua enorme alegria ao saber que seria pai.

– É o único sentido verdadeiro da vida. Gerar filhos é a única coisa que faz com que me sinta em contato com o mundo. Isso representa um mistério tão forte que só agora, depois que a conheci, posso compreender de verdade o quanto é fundamental viver essa experiência com você.

– E George? – perguntou ela.

— Eu amo George. Mas aqui — disse, acariciando seu ventre — está escondido o segredo de tudo e até a verdade de tudo. Tudo o que pode vir a ser descoberto e tudo o que é antigo. Amo você por isso, você, que é de todos os tempos e veio parar agora neste tempo, que também é o meu tempo. E o tempo de George.

— Não, quer dizer... e se George fosse o pai?

— Se George fosse o pai, seria meu filho também... o amor é um círculo, não? Não se parte e não se interrompe em ponto algum.

Mas Larissa ainda não estava satisfeita.

— E se fosse Gaetano?

Gunther ficou sombrio de repente, uma pupila se estreitou, a outra continuou dilatada e assassina.

— A escolha é sua. Eu estou aqui.

Viram o letreiro que dizia "HOSTEL" pendurado na fachada de um edifício de arquitetura parisiense e pediram ao taxista que os deixasse lá.

O sono pesava sobre seus corpos e tudo o que desejavam era entrar num quarto e deitar numa cama. O que Larissa mais gostava naquela relação era se encaixar entre os corpos de Gunther e de George, dentro do calor deles. Mas a rapidez com que tudo começou tinha conseguido distraí-la do sentimento real e só agora percebia que, naquelas semanas, sua atitude com as pessoas que mais amava tinha sido detestável. Tinha medo de que tudo pudesse acabar, como a maior parte dos olhares na rua parecia prever. Não vai durar a vida inteira, pareciam dizer os desconhecidos que se arrastavam como mortos pelas ruas, a felicidade não existe, o que pensamos que é felicidade é apenas um preâmbulo, uma pequena degustação do que gostaríamos que durasse a vida inteira. Aquela oscilação constante de uma inconsciência infantil e apaixonada a uma consciência conforme às regras morais da sociedade em que viviam deixava Larissa nervosa.

Seu maior pavor era ficar igual à mãe: consciente das horríveis humilhações a que ela submetia seu pai antes de sua morte, Larissa achava que o poder de certas mulheres crescia muitas vezes graças a um trabalho constante de destruição de seus homens. Queria, portanto, que seus amantes soubessem do amor que sentia por eles e se sentissem gratificados. No entanto, seu comportamento nos últimos tempos era uma prova em contrário.

Ariel, o jovem proprietário do albergue, recebeu os três com um baseado na mão e um enorme cão que o seguia chicoteando o ar com o rabo.

Pediram um quarto com uma cama de casal e o rapaz sorriu num tom de aceitação. Larissa ficou feliz ao descobrir que naquela casa poderia amar Gunther e George sem se sentir atacada.

O quarto era vermelho e azul, o leito alto; a janela dava para uma sacada, que por sua vez dava para uma rua cheia de ônibus movidos por velhos motores barulhentos, mas bastava fechá-la para impedir o barulho de entrar.

Só queriam que Ariel os deixasse em paz o mais rápido possível, mas ele insistia em explicar que a casa ainda estava em fase de reforma e que eles eram os únicos hóspedes até aquele momento. Larissa tentou se lembrar das poucas noções de espanhol que tinha acumulado durante a viagem a Cuba com Leo, mas estava cansada e louca para se enfiar debaixo dos lençóis. Acabou falando com Ariel como uma psicopata, a boca torcida de impaciência. Ele riu de novo, puxou Flavio, o cão, para fora e fechou a porta às suas costas.

Dividindo o mesmo instinto, Gunther e George se aproximaram rapidamente de Larissa, apertando seu corpo entre seus corpos verticais, beijando-a com um estranho frenesi.

145

Não foi difícil esquecer o sono e o medo da viagem de avião: quando o amor era urgente, ela não conseguia se negar.

Era a primeira vez que fazia amor desde que tinha descoberto que estava grávida. No início, quando George deslizou para baixo dela e Gunther a agarrou pelos quadris quase como se quisesse afastá-los, Larissa não notou mudanças em seu corpo. Mas quando se deixou levar, movendo-se em cima de George em obediência aos impulsos de Gunther, e sentiu que o prazer ia chegar, percebeu o sentido profundo de seu corpo: pleno, invencível, resplandecente. Pela primeira vez na sua vida compreendeu o significado da palavra *realização*: foi ali, na plenitude de seu corpo que se fundia com a plenitude de seu amor, que Larissa teve a sensação de que brilhava com o esplendor daquelas emoções. Como uma flecha lançada que finalmente penetra no alvo, percebeu que aquele modo de vida era o que sempre tinha procurado.

Mas quanto tempo George e Gunther teriam, antes de perceberem que compartilhar aquela mulher exigiria um preço ainda mais alto do que a qualidade daquele amor?

Dezenove

Gunther despertou e seguiu o rastro do cheiro de maconha que tinha feito cócegas em seu nariz. Foi arrastado para um terraço repleto, animado pela exuberância de dezenas de plantas floridas naquele verão austral. Sentados num banco, viu Ariel e mais duas pessoas, uma morena com olhos e cabelos de elfo e um mulato de musculatura forte sob a camiseta regata preta.

Não foi difícil para Gunther sentar no meio deles e começar a contar suas histórias, enquanto passavam o fumo num cachimbo.

– Tenho um amigo em Roma, um alemão, que dormiu no meu sofá por três meses, talvez até mais, não lembro direito. Um dia, chegou outro amigo, de Veneza, um sujeito que pegava pesado no álcool, e então mandei Johannes, o alemão, dormir na minha cama, e Carlo, o veneziano, no sofá. Eu me ajeitei com o saco de dormir na cozinha, assim ficava perto dos meus papagaios... tenho mais de setenta papagaios. Falando nisso, que papagaios vocês têm aqui na Argentina? Mas, como ia dizendo, uma noite Carlo estava completamente bêbado e começou a brigar com Johannes. Ele não dizia nada, mas de vez em quando olhava para mim como quem pede ajuda; não queria ajudá-lo, a situação era divertida demais, não queria interromper. Então Carlo continuou a xingar Johannes, dizia que era um merda, um babaca e que aqueles chapéus que ele inventava eram coisa de veado. Foi então que Johannes respondeu: "Ah, não, veado não", e Carlo, já completamente doido, foi até o som e colocou o CD do CCCP* a mil... conhecem o CCCP? Já chegou aqui em Buenos Aires?

Ariel, Luciana e Inti nunca tinham conhecido alguém como Gunther e esperavam que nunca acabasse de contar aquelas histórias. Seu espanhol era péssimo, mas as mãos ágeis conseguiam falar mais do que as palavras.

De vez em quando, Luciana interceptava os olhos cinzentos daquele estrangeiro e sorria, empinando os seios pequenos e perfeitos sob a camiseta.

Gunther bem que pensou em se aventurar naqueles mamilos arrogantes, mas sentiu um estremecimento dentro das calças que não tinha nada a ver com a exposição daqueles seios frescos e desconhecidos, mas com a memória do sexo quente de Larissa, que ele ainda sentia em torno ao seu. Gunther sentia um fogo líquido logo abaixo do umbigo, que atordoava seus sentidos.

Pela primeira vez, ficou angustiado ao pensar que Larissa e George estavam juntos e sozinhos no andar de baixo, numa espera que nada tinha a ver com o ciúme que sentiu pelas outras mulheres de sua vida, mas com uma sensação de perda que magoava justamente aquele ponto do espírito que nunca tinha sido explorado antes.

Desceu e encontrou George debruçado na cama com um vidrinho na mão, pintando as unhas dos pés de Larissa.

Ela sorriu, escondia nos olhos uma alegria indecente e mil luzes de esperança brilhavam nos seus dentes. De repente, a paixão tinha resolvido se transformar em amor, e o amor exige uma exclusividade que não tinha nada em comum com a ideia que Gunther fazia daquela relação.

_____
* Banda italiana de punk rock. (N. da T.)

Desejou tomar o lugar de George. Na verdade, desejou que seu amigo francês desaparecesse por algum tempo, para ficar sozinho com Larissa. Por um instante, foi tentado a pedir que fosse embora, depois deu de ombros, sentou atrás dela e começou a trançar seus cabelos. E assim começou a disputa que, cruelmente, os dois aceitaram.

À noite, foram convidados por Ariel para jantar com os outros inquilinos. Os tetos altos e antigos recolhiam a fumaça que se condensava fora de suas bocas.

Larissa começou a notar alguns movimentos estranhos dos anfitriões: Luciana estava com Ariel, dava para perceber pelos apelidinhos que usavam entre eles e pelos beijos frequentes que trocavam. Mas Inti não parecia estranho àquela intimidade e, embora não fosse tão claro como era no caso deles, os três argentinos também estavam ligados por um desejo compartilhado.

— Quer apostar como esses três também estão juntos? — murmurou para Gunther.

— Pode ser — respondeu ele, engolindo um pedaço de lombo grelhado.

— O que foi? O que pode ser? — perguntou George abrindo espaço entre os dois.

— Tem que se meter sempre em tudo? — devolveu Gunther, irritado.

Larissa olhou para ele.

— Não, só estava dizendo que acho que esses três estão juntos — explicou, olhando para George.

— Que nada! É você que deu para ver triângulos por todo lado! — O outro riu.

— É isso aí — concordou Gunther.

Era o momento de Larissa honrar a promessa que tinha feito a si mesma: suavizar as arestas, não ser muito agressiva, *não ficar igual à mãe.*

– Vamos fazer um jogo, querem? Vou perguntar se não querem que leia as cartas para algum deles: assim descubro o segredo e eles serão obrigados a confessar! – exclamou feliz com a boa ideia.

Muito doidos, mas decididos, os outros dois aplaudiram o projeto.

Larissa escolheu Inti: parecia sofrer mais do que os outros com o segredo, pois, enquanto Luciana e Ariel podiam demonstrar seu amor e sua ligação, ele tinha que ficar olhando de fora, sozinho e insatisfeito.

– Quer que abra as cartas ou leia seus números para você? Ou quem sabe um mapa astral? – perguntou Larissa.

– Que história é essa de números? Abra as cartas! – murmurou Gunther em seu ouvido.

– Fique quieto! Os números também dizem tudo, não sabia? – disse ela rindo. Aquele fumo era ótimo.

Inti escolheu os números e Larissa foi correndo pegar os dados em seu quarto.

– Faça uma pergunta! – ordenou numa voz um pouco alta demais. – Ou melhor, não: pense numa pergunta.

Inti entrou no jogo mais do que Larissa esperava: tinha uma expressão sensível, aberta à descoberta.

– Vamos lá... aqui temos um 2, três 4, um 1 e um 3... muito bem. Quer dizer, não tão bem assim... Inti, há quanto tempo você não tem namorada?

Ele fez um gesto com a mão: "Há muito tempo", diziam seus dedos indicando o passado.

Ariel deu uma palmadinha em seu ombro. Os olhos verdes de Inti, agora que Larissa tinha examinado melhor, continham pequenas farpas douradas que, como a ponta incandescente de um incenso, pareciam emanar perfume.

– Faça uma coisa – disse depois de aumentar a expectativa com um longo silêncio, tentando reprimir uma risada que precisava de muito pouco para explodir –, faça uma coisa: vá até lá e beije Luciana.

Inti se mexeu lentamente na cadeira, como se quisesse recuperar o espaço perdido; Luciana acendeu apressadamente um cigarro e Ariel tirou o chapéu e coçou a cabeça: seus cabelos eram bastos e louros.

Em seguida, Inti sorriu, levantou e beijou Luciana. Ariel parecia magoado e perturbado, mas não parecia nem um pouco surpreso.

– Viram só, descrentes? – Larissa falava com Gunther e George. Os dois riram indicando Luciana e Inti e evitando o olhar de Ariel, que tinha perdido toda a vontade de ouvir as histórias daqueles estrangeiros.

Larissa teve pena dele e, mais uma vez, censurou-se por ter exagerado na dose, magoando uma pessoa só para se divertir.

Sentou então nos joelhos de George e puxou Gunther para perto dela; abriu seu cinto, desceu o zíper dos jeans e tirou o pau de Gunther para fora. Enquanto chupava, George ajudava, empurrando com os joelhos. Gunther olhava para George que olhava a boca de Larissa preenchida pelo sexo de Gunther.

Luciana e Inti captaram a mensagem e, amorosos, puxaram Ariel, colocando-o no meio dos dois.

Certos atos eróticos tinham objetivos puramente demonstrativos e, naquela felação praticada em Gunther com a ajuda de George, Larissa não obedecia a nenhum desejo sexual ou mesmo exibicionista: só queria ajudar Ariel a entender que uma relação a três pode ser uma coisa boa, naquele mundo que criticava as relações múltiplas de maneira injusta ou deformada. A maior parte das pessoas estava convencida de que as relações a três só eram lícitas quando seu único objetivo era a cama, e que fossem desprovidas de qualquer substância amorosa que lhes servisse de base. Dava para ler claramente os pensamentos de quem via os três juntos: um clipe de filme pornô com dois homens penetrando uma mulher em todas as partes em que era possível penetrar. Não pensavam, como a maioria dos indivíduos pouco interessados em entender a realidade, que aquilo que representava para eles um território erótico fértil para confusas fantasias sexuais não era necessariamente contraditório com formas de amor mais amplas.

Era muito difícil convencer um homem que já tinha ultrapassado os 30 anos a abandonar a hipocrisia e a viver aquela história (erótica apenas ou também sentimental, não havia como saber) fora das paredes daquele edifício.

Ariel sorriu nervoso e engoliu um gomo de tangerina. O descaramento daquela italiana queimava cada vez mais e desejou nunca tê-la conhecido e hospedado.

Ficou com ódio quando ouviu sua proposta, e mais ainda quando Luciana admitiu, um pouco depois, que achava a ideia interessante.

– Vamos fazer uma bacanal – exclamou Larissa. – Vamos convidar todo mundo que pudermos.

Duas razões a inspiraram: a primeira, altruísta e infantil, era a de se abrir para o mundo inteiro e permitir que o mundo escorresse dentro deles; a segunda, egoísta e inconfessável, era convidar Gaetano e ver até onde George e Gunther estavam dispostos a ir, qual seria o limite a partir do qual não suportariam aquela partilha.

– Acho que é uma ótima ideia – disse Luciana.

– Nem pensar! – respondeu Ariel.

Vinte

Duas semanas mais tarde Larissa estava bronzeada e seus lábios, inchados como balões.

– Estou um monstro... estou toda... redonda! – dizia ela, tocando o rosto com as mãos.

Gunther estava nervoso, finas linhas vermelhas cercavam seus olhos. Não seria fácil descobrir se era o álcool, consumido em doses cada vez maiores, ou algum mal-estar que os outros não conheciam. O que ficava evidente, porém, era o tremor em sua voz a cada vez que George se aproximava dele e de Larissa.

– O que houve, acha que estamos tramando alguma coisa pelas suas costas? – perguntava irritado.

George, magoado por aquelas reações, só tinha uma arma: uma longa, profunda risada que partia do estômago e cheirava a pranto e frustração, à incapacidade de compreender o amigo.

– O que você está fazendo com George não é justo – disse Larissa a Gunther, tomando um sorvete no bairro de Palermo. Naquela tarde, se sentia realmente em casa: o Jardim Botânico era povoado por uma colônia de gatos que lembrava a que ficava embaixo de sua casa, embora em Buenos Aires os gatos fossem maiores, com crânios ovais e largos e longas pernas fortes.

Gunther estava debruçado sobre uma plaquinha ao lado de uma árvore que parecia a sua versão botânica: forte, encimada por uma cabeleira rebelde habitada por barulhentos passarinhos.

– É o George quem está sendo injusto comigo, sabia? Você não notou nada? – perguntou, enquanto continuava a ler a etiqueta da árvore.

Ela deu de ombros e interceptou o movimento furtivo de um felino atrás de uma cerca viva.

– Exige uma atenção constante, como se tivesse medo de ser abandonado. Não notou nada mesmo? – falava lentamente, estava muito calmo.

– Não acho... quer dizer, nunca notei nada... não me parece tão ansioso quanto você está dizendo.

– Porque está muito ocupada examinando o pau dele – disse Gunther.

– Isso é injusto. E... vulgar!

Ele apontou o dedo para o nariz dela e cantarolou sorrindo:

– Sou grosso, sou bruto... e vulgar!

Terminado o sorvete, Larissa resolveu deixar a ponta da casquinha ao lado da moita onde os olhos de um gato a observavam curiosos.

Depois decidiu. Levantou e encarou Gunther bem no fundo dos olhos. A estranha forma de energia que havia entre os dois, às vezes, parecia desbotar as cores de tudo que estava ao redor.

– Ok – disse ela.

– Ok o quê?

– Ok. Eu te amo.

Ele sorriu e:

– Ah, já estava demorando – disse.

– O quê? O que estava demorando? – perguntou George chegando com um raminho de lavanda na mão.

Gunther levantou as sobrancelhas e olhou para Larissa, que evitou seu olhar. Provavelmente Gunther tinha razão, mas não seria fazendo com que George se sentisse um estranho que resolveriam a questão.

A intimidade entre eles tinha sido construída camada por camada. De um lado, estava a partilha do alimento, do sexo, do espaço e do tempo entre os três; do outro (e Larissa estava percebendo isso pela primeira vez), cada um deles habitava momentos diversos de intimidade com os outros dois.

Se estava sozinha com George, Larissa se sentia segura. Entre eles, existiam momentos de calma e evasão do mundo, sempre maculados pela impossibilidade comum de se entregarem completamente. Quando a coisa ficava evidente, eles remediavam com sexo: toda vez que o embaraço do silêncio caía sobre eles, George possuía Larissa como se, diante da incapacidade de compreensão mútua, sentissem a exigência de se penetrarem carnalmente.

A relação com Gunther era feita de matéria totalmente diferente. Larissa estava convencida de que a ligação entre os dois era mais forte por causa dos anos passados juntos. Quando estava com Gunther, o silêncio quase não comparecia, pois estavam sempre ocupados discutindo uma coisa ou outra. Além do mais, quando comparecia, o silêncio só fazia aumentar a intimidade, tanto que até fazer amor se tornava supérfluo: não havia nada a acrescentar àquela plenitude. Com George preparava o corpo e o coração para acolhê-lo, com Gunther buscava algum ponto fixo dentro de si mesma, imaginando um fio de metal esticado que entrava pela cabeça e saía pela vagina. Precisava manter o prumo.

Observando os dois correndo de brincadeira atrás dos gatos, perguntou-se qual seria a forma de intimidade que partilhavam. Era no jogo que se reconheciam? Ou seria o desafio às regras que fazia com que fossem tão importantes um para o outro? Ou, pior ainda, partilhariam um segredo ao qual ela jamais teria acesso?

A razão de seus lábios inchados e do seio duro estava dentro de seu ventre, e era a única garantia da presença recíproca deles todos.

Aquele dia tinha começado nervosamente, e Larissa o via chegar ao fim com inquietação.

Dentro em breve, voltariam para casa (no momento, estavam integrados no albergue de Ariel: na verdade, foi muito fácil perceber aquele lugar como uma casa) e reencontrariam tudo como estava previsto no dia anterior: os sofás na sala grande, as portas dos quartos vazios sempre abertas e os espelhos refletindo a multiplicidade de cenas que se preparavam para recitar.

Iam se encontrar com Gaetano, que só tinha sido informado da chegada de Larissa dois dias antes, e com uma dezena de desconhecidos, prontos para tirar as calças por divertimento ou por tédio.

Respiraram os últimos movimentos do vento, que tentava abrir espaço entre as copas das árvores já atravessadas pelos raios quentes do sol latino. A densa vegetação, tão rica e vistosa que parecia enfeitada com plumagens e alfinetes preciosos, abrigava os três com aversão e impunha que esquecessem a própria existência e lhe dedicassem uma veneração infinita.

Olhando para cima, Gunther seguia os deslocamentos dos animais no ar, virando a cabeça para lá e para cá. Reconhecia qualquer pássaro que atravessasse o céu e dava a cada batida de asas, a cada som, um nome preciso.

George tirava fotos das flores e era evidente o quanto se sentia pouco compreendido por aquele lugar. Por outro lado, que lugar no mundo poderia combinar com sua condição de eterno viajante? Parou diante de uma estátua composta por duas figuras de mulher, a primeira, esplêndida,

dançava agitando um véu sobre a cabeça; a outra, agacha-
da, exibia uma pose dolorosa, com o rosto entre as mãos.
George se aproximou e fez mais uma foto. Sua mãe já tinha
se transformado numa lembrança desbotada, e quanto mais
se esforçava para recuperar pedaços de sua imagem, mais a
perdia. Sylvie tinha mandado um e-mail que George não
teve nem coragem de abrir. Cada vez que acessava seu cor-
reio, o nome da irmã em negrito era como um osso dentro
do esôfago: sufocante.

Larissa estava completamente fascinada com a vida que
explodia na altura de seus tornozelos: os gatos que esfregavam
as longas caudas em suas pernas, os pequenos insetos, cujas
asas faziam cócegas, as formigas que se reuniam em torno dos
dedos de seus pés nus e sujos de terra; eram um testemunho
de sua passagem pelo mundo, da constante transformação
do universo que alimentava sua vida, ora com força, ora com
angústia. Para Larissa, essa inquietação sempre foi um vivo
combustível que permitia que juntasse os pedaços de si mesma. O jardim interior de Larissa só tinha se transformado
num desolado território lunar em raras ocasiões. A última foi
quando rompeu seu casamento e entregou-se ao uso indiscri-
minado de álcool e drogas. Com Gunther, primeiro, e com
George, depois, a angústia voltou a ser vital, como um vento
que impulsiona e fortalece. Mesmo naquelas condições, com
o rosto todo vermelho, o ventre pesado e três homens candidatos à paternidade de seu filho, Larissa não reconhecia nenhum sentimento sombrio entre seus pensamentos. Dentro
dela, o jardim tinha recomeçado a crescer, interromper aquela expansão da vida era impensável: para que tentar?

A tensão entre George e Gunther a deixava nervosa,
sem, no entanto, assustá-la. A ideia de rever Gaetano só
conseguia deixá-la curiosa, embora naquelas últimas duas
semanas o pavor de descobrir que ainda estava apaixonada

por ele tivesse feito com que olhasse para o teto e lesse os horóscopos mais do que era habitual.

Pegaram um táxi, o calor úmido e o smog faziam as roupas grudarem no corpo e cada fio de suor que escorria era uma poeira de tempo que passava.

Na avenida Defensa os vendedores ambulantes acabavam de recolher suas mercadorias, sem dar atenção aos poucos passantes. O vozerio das pessoas foi abafado pelo rufar dos tambores de um grupo de jovens que se apresentava na rua, batendo vigorosamente com bastões de madeira em barris de metal. As pessoas se juntaram em torno deles, a maioria balançando os quadris, sangue latino pulsando dentro de corpos que tinham talhado suas raízes.

Eram nove da noite, o sol ainda ia alto no céu. Os edifícios de inspiração europeia jaziam sobre a rua: o que era Buenos Aires antes que se tornasse Buenos Aires? Em que base se apoiavam os valiosos tijolos dos prédios *liberty*, que maravilhas ou ruínas estavam sepultadas sob as casas de tetos altos e janelas iluminadas e luxuosas? Os antiquários de San Telmo sugeriam a quantidade de almas antigas que sobreviviam naquela cidade, apesar da crise e apesar dos abusos, apesar das repetidas colonizações por parte dos italianos fugidos da fome e dos nazistas fugidos de condenações solenes. Um gigantesco caldeirão de experiências fumegava diante dos olhos de Larissa, Gunther e George, que deixaram as intensas ruas do bairro e subiram as escadas de seu albergue com as pernas de quem não tinha nada a perder.

Ariel ajudava Luciana a arrumar os pratos sobre o balcão do bar; Inti colocava comida na cuia do cachorro.

Gunther resolveu ajudá-los.

Larissa foi mudar de roupa.

George contemplava o pôr do sol do terraço.

Vinte e um

A energia orgástica bebe da fonte cósmica da energia universal, e se é possível conhecer os movimentos planetários e a magia autêntica dos influxos dos astros, também é igualmente possível compreender os ciclos vitais que, como estações inscritas num disco do tempo, escorrem em meio às pessoas, envolvendo-as ora no prazer, ora no desencanto.

Larissa observava os homens e as mulheres com os mesmos olhos com que admirava as pinturas de Hieronymus Bosch. Mais do que o sexo, era a harmonia que a erotizava, aquele amontoado de corpos móveis sobre o chão parecia uma moita de serpentes e ao mesmo tempo afastava a ideia do caos: as possibilidades numéricas, quando coesas, conseguiam fornecer resultados surpreendentes, pensou ela.

Cada homem e cada mulher presente era um número somado a outros números criando infinitos destinos: astros do mesmo sistema solar.

Gunther tinha desaparecido pela porta do banheiro e Larissa conseguira entrever a mulher que estava com ele. Não poder ver o que acontecia a transformava numa vítima de certos medos que tinham origens remotas e que unicamente aquelas circunstâncias, aquele estar no meio de corpos nus dedicados ao amor, poderiam aniquilar. Ultrapassar os limites de sua cultura era a condição para poder gozar das vantagens do amor compartilhado. Tudo seria muito mais simples, é óbvio, se não existissem mulheres capazes de roubar a atenção de seus amantes. Larissa nunca tinha parado para pensar como ficaria a sua história com Gunther e George, se uma mulher tomasse o lugar de um deles, mas agora, quando Gunther escondia seu prazer dos olhos dela, e George golpeava as nádegas de uma desconhecida com sua bacia impaciente, Larissa entendeu que aquela história nunca funcionaria com uma mulher.

Naquele exato momento, uma moça se aproximou sorrindo e passou a mão pelos cabelos de Larissa. Aquele toque, tão distante da audácia masculina, tornou seu sexo arisco, fechando-se como um animal do bosque que se mimetiza com as folhas e a terra. Larissa sacudiu a cabeça devagar e sorriu, certa de que a moça ia entender. Durante todos aqueles anos de atividade sexual, sempre afirmou que nenhuma mulher era tão capaz quanto ela de viver livremente o sexo. E agora, sentada num sofá numa pose levemente *vintage*, percebeu o quanto aquela afirmativa era falsa; as outras mulheres se dedicavam com muita gana e apetite aos homens presentes na sala, coladas a um desejo ardente e múltiplo que Larissa realmente não sentia.

Três ou quatro homens vagavam com o pau duro, procurando alguém com quem compartilhá-lo. Na verdade, Larissa estava cheia de desejo e sua vagina estava suspensa num magma fluido há algum tempo. Mas não seria colocando um homem qualquer entre as pernas ou dentro da boca que conseguiria satisfazer aquele desejo, pois nenhum daqueles desconhecidos sabia como atraí-la. Afinal, seu corpo agora era um templo, e a sacralidade com a qual tentava protegê-lo fazia com que esquecesse qualquer prazerosa promiscuidade. Seu corpo, fiel a seus acontecimentos interiores, precisava de familiaridade, de calor verdadeiro, de compreensão. As únicas duas pessoas que podiam satisfazê-la eram Gunther e George, e ambos estavam envolvidos com outras mulheres, outras peles, outros cheiros. A dor estava imóvel, gélida, numa pose impressionante dentro dela. Ia além do ciúme, além da posse: era a sua incapacidade de aceitar a rejeição dos homens que amava, os únicos que desejava. Era como acariciar dois fantasmas, com vontade de interagir, mas sem a menor possibilidade de diálogo.

Estava assim, sentada com as pernas apertadas e as mãos nas coxas, esperando que o tempo passasse, a noitada chegasse ao fim e o dia chegasse e tudo voltasse a ser como antes, quando Gaetano entrou e, sem olhar diretamente para ela, veio em sua direção.

Vinte e dois

– Tem alguma ideia do motivo pelo qual minha mãe me impedia de chupar meu próprio antebraço quando era pequena? – perguntou Larissa a Gaetano. Ele riu e deu de ombros. Em seguida, sentou a seu lado.

Um raio iluminou a sala de repente, seguido de um trovão que parecia ter rachado o céu. O silêncio caiu sobre a sala por alguns instantes, depois todos voltaram lentamente a se entregar ao sexo. Sentada ao lado da janela, Larissa sentiu as primeiras gotas de chuva baterem nos ladrilhos da varanda.

Gaetano perguntou por que resolveu convidá-lo para aquela festa, por que não tinha ligado assim que chegou em Buenos Aires e por que não foi direto para sua casa.

Ela não respondeu.

– Conte-me uma história – disse, sem olhar para ele.

Ele tocou as pálpebras dela com a ponta dos dedos, quase como se quisesse obrigar seus olhos a se deterem sobre os dele, sobre seu rosto, um pouco mais abaixo de seu nariz.

– Conte você – respondeu ele, sentindo-se cada vez mais refém daquele lugar.

A chuva agora era mais pesada e densa, como hastes de metal caindo das nuvens carregadas.

– Acho que fazia isso porque acreditava que não era certo sua filha declarar amor ao próprio corpo. Era ligada a mim de uma maneira tão doentia, que não se sentia ameaçada somente pelo amor dos outros: até o amor que pudesse ter por mim mesma era insuportável para ela... acho que, no fundo, minha mãe desejava que eu me odiasse.

Larissa sabia muito bem que Gaetano não estava entendendo nada do que dizia e pensava que, quanto antes mergulhasse dentro dela, melhor seria. Depois, iria embora como sempre, mas não sem antes declarar a ela o seu amor incondicional.

Foi então que ela abriu as pernas e deixou tudo exatamente como estava: Gunther e George em sua vida, enquanto assim o desejassem, aquela criança dentro dela e aquela clara, distinta consciência de ser una e indivisível, de ser a única proprietária de si mesma, o único ponto firme de sua própria existência.

Não disse nada a Gaetano e nem por um momento pensou em apontar seus amantes, que observavam de longe, boquiabertos de sexo e de surpresa, de medo daquilo que poderia acontecer depois daquele encontro.

Gaetano pensava que estava sozinho com ela na multidão. Tirou a camiseta levemente suada e, um por um, tirou os sapatos e as meias. Ficou com os jeans e um medo sem nome e sem fonte. Era a primeira vez que o corpo de Larissa o rejeitava, embora estivesse a seu lado aberto e desprevenido, pronto para recebê-lo, como todas as outras vezes.

Fez que ia beijá-la: os lábios dela, inchados por um motivo que ele ignorava e ignoraria por toda a sua vida, eram como mãos em sinal de rendição. Não era mais sua: completamente desligada de seu espaço e de sua cama, parecia ter perdido todo aquele calor que, como um vampiro, costumava sugar de seu corpo quando saciava seu desejo.

Acabou se expondo ao ridículo, tentando tocar seus dentes com a língua, entrar inteiro dentro dela e vê-la se render, para reconhecer em seus suspiros e em suas pálpebras abaixadas que tudo estava exatamente como antes.

A tempestade lá fora estava ficando cada vez mais violenta, e as luzes da casa queimaram numa pequena explosão. Todos riam, as mulheres gritavam molestadas pelos homens, agora cada um podia se mostrar realmente como era, livre de máscaras, livre para ser, tocar, beijar qualquer um na escuridão, protegido pela sombra, livre para viver o próprio corpo sem nenhuma inibição.

Gaetano tentou abrir espaço entre as coxas de Larissa, mas elas se moveram contra a sua vontade, como peixes fisgados pelo anzol enquanto flutuavam com suas nadadeiras na água quente e materna. Saltaram, jogaram Gaetano para fora do sofá.

Na escuridão, Larissa buscou Gunther. Sentia uma necessidade desesperada dele, de fazê-lo sentir sua presença, de sentir a dele.

Começou a procurá-lo sem se importar com Gaetano, passando sobre os corpos exaustos pela frenética dança orgíaca, tocando peles desconhecidas com as mãos, procurando aquela pele e aquela mão num impulso que ia muito além do desejo.

Os lustres que pendiam dos tetos altos voltaram a irradiar sua luz na sala enorme.

Larissa parou. Gunther e George estavam bem na frente dela. Fitaram-se com olhos mudos e o coração acalmado depois da fúria daqueles dias.

Tudo tinha voltado a existir, tudo estava se transformando e, de alguma maneira, os sentimentos seriam libertados.

Na sala, os outros acabaram de gozar, de realizar atos de amor improvisados, alguns com ternura, outros com desprezo da própria carne: era visível para todos a quantidade de excitação reunida naquele salão. Gaetano estava de olhos fechados enquanto uma jovem negra desfrutava do seu pau enorme. Perder não era coisa habitual para ele, assim como para todos os de sua espécie. O macho não está habituado a perder.

Sem coragem de olhar para George, Larissa estendeu a mão para Gunther e subiram para o terraço, onde outros casais ainda não tinham acabado, protegidos pela escuridão que descera novamente sobre San Telmo. O céu estava encoberto, mas no meio do rosa violento de uma nuvem carregada de água, tinha se aberto um círculo perfeito, no qual brilhavam as estrelas.

– Está vendo? – disse ela, indicando uma série de estrelas como pedras preciosas enrustidas no veludo azul daquele pedacinho de céu. – Está vendo? As estrelas não têm coragem de mentir. Sabia que esse filho era seu desde antes mesmo de concebê-lo.

As palavras saíram de sua boca como a chuva que continuava a violentar a cidade, logo abaixo a rua era atravessada por torrentes de água. Com os rostos e os corpos meio nus, molhados, chicoteados pelas gotas pesadas, Larissa e Gunther apertaram-se as mãos até quase se ferirem.

Quando voltaram a seu quarto, não havia mais sinal de George.

Ariel contou que George pediu para chamar um táxi e seguiu direto para o aeroporto.

Na manhã seguinte, Buenos Aires estava afogada em toda aquela água.

Vinte e três

– Não, aquela! – gritou indicando o maço de cartas espalhadas na mesa de sua sala.

– Qual, essa? – perguntou George mostrando uma das cartas triunfo do tarô a Larissa: tinha a testa suada, as mangas da camisa arregaçadas nos antebraços.

– Não! – disse ela de novo, com os olhos que pareciam querer saltar do rosto.

Na cozinha, Gunther estava enchendo mais panelas com água. Curiosos, os gatos seguiam todos os movimentos, balançando seus crânios redondos de um lado para o outro, assustados com os gritos de sua dona. Eles se comportavam como se uma tempestade estivesse prestes a desabar: pupilas dilatadas, pelo arrepiado, espinha arqueada.

– Que saco, George! Veio para ajudar ou não? Ande logo, é a carta número 22, toda azul, não é tão difícil assim!

– Mas só que aqui tem um monte... tome, procure você mesma – disse ele, nervoso, os longos dedos trêmulos.

Gunther segurava o telefone entre o ouvido e o ombro e carregava mais água para Larissa.

– Sim, faz uma meia hora. É! Não, ela quis esperar... sei lá!... Claro, claro, trate de se apressar, por favor! – dizia.

– Gunther, quer fazer o favor de ajudar o George. Preciso da carta do Universo, é importante! – disse Larissa com voz angustiada.

Mas Gunther não ouvia, estava empenhado em tornar seu corpo útil ao grande acontecimento, como se dentro em breve alguma coisa também fosse sair dele, um peso que tinha carregado durante muito tempo, tempo demais. Sentia-se em total simbiose com Larissa, se reconhecia em sua barriga, em sua pele que parecia prestes a se rasgar.

— Está bem, me dê o baralho! — ordenou Larissa a George e começou a revistar o leque de cartas em busca do seu Universo.

— Ela está chegando — disse Gunther —, temos que levar os gatos para o outro quarto e fechar as persianas... a luz está incomodando?

— Está, obrigada, Gunther, feche as persianas. Mas deixe os gatos aqui, eles me ajudam — disse, encontrando finalmente a sua carta no tarô. Uma mulher nua dançava dentro do círculo celeste dos astros, em perfeita harmonia com o universo.

Larissa sentiu necessidade de olhar aquela carta desde a primeira contração, muitas horas atrás, muito antes de avisar Gunther, que dormia no sofá com uma coberta sobre as pernas nuas.

George tinha chegado de Quito alguns dias antes, feliz porque Larissa e Gunther ligaram para avisá-lo de que tinha chegado a hora do parto.

Todas as escolhas necessárias e possíveis foram feitas antes que fosse tarde demais.

O primeiro que a intimou a escolher foi Gunther, ainda naquele terraço onde estavam olhando as estrelas.

"Chegou a hora de decidir", tinha dito ele, sem nenhum desejo de se arrepender.

Naquela altura dos fatos, Larissa esperou que uma estrela, acima dela, sugerisse alguma coisa, lhe desse uma visão clara do caminho. Depois, tocou o ventre e lá estava a sua escolha mais importante e definitiva. Mas como era possível escolher a quem amar? Desde que aquela relação tinha começado, nunca pensara naquela possibilidade. George nunca existiria sem Gunther, mas Gunther já existia bem antes de George entrar em sua vida. Mas a quantidade de horas era suficiente para dar sentido ao amor?

"Só que eu também amo George", disse Larissa baixinho.

"Não estou pedindo que deixe de amar George ou quem quer que pretenda amar. O que está vendo aqui ao redor?"

"Um monte de gente que só está trepando."

"Não, todos aqui ao redor estão tentando dar um sentido às suas existências. Somos muitos e as possibilidades são infinitas. Mas a vida é uma só e o sentido que se pode dar a ela também é um só. Não há alternativas", disse ele tomando sua mão.

E foi naquele momento que Larissa sentiu que pertencia totalmente a Gunther. Não tinha sentido falar de amor ou de sentimentos, eram argumentos que só banalizavam sua própria natureza. O amor não tinha nada a ver, nem a qualidade do sexo, nem a capacidade de compreender ou de ser compreendido: a união acontece lá onde a alegria de outro ser humano é tão poderosa que pode tomar o lugar da nostalgia. Havia entre ela e Gunther aquela dor dilacerante, constante, que estava totalmente ausente da relação com George. E aquela dor, mais do que qualquer outra coisa visível ou invisível, era o rosto preciso e impiedoso da fusão daqueles dois.

— E o que vai fazer com essa carta agora? — perguntou George a Larissa.

— Estou me concentrando, George querido, me concentrando no universo e tentando não ligar para a dor — disse ela, arqueando a espinha sob a pressão de uma nova contração.

A ideia de chamar George foi de Gunther. Ele ainda estava na América do Sul, na expectativa de encontrar uma casa, um lugar tranquilo onde parar. Não conseguiu, pois não tinha nenhuma intenção de se estabelecer. Precisava aceitar que era mesmo um ser errante, pois era a única coisa que o fazia feliz e, portanto, resolveu não criar obstáculos para a sua natureza. Mas a saudade de Gunther e de Larissa fez com que reservasse uma passagem logo depois do telefonema dos dois e, sem se perguntar o que iria acontecer em Roma, sem pretender renunciar de modo algum à sua natureza finalmente libertada, partiu sem medos e sem esperanças.

— O que disseram para você fazer no cursinho pré-natal? – perguntou George a Larissa, olhando para Gunther.

— E quem é que fez pré-natal? Ficou ofendida quando fiz a proposta! Disse que, com certeza, Aleister Crowley poderia lhe indicar a melhor maneira de se preparar para o parto e depois começou a desenhar aqueles círculos, aquelas suas coisas astrais e, para variar, concluiu que os astros estavam do seu lado! – explicou Gunther.

George sorriu para Larissa e ela teve vontade de retribuir, mas uma pontada mais forte enrugou sua boca numa careta de dor.

Ficaram os três em silêncio, prendendo a respiração. Quase sem forças, Larissa tentou tirar o suéter; tinha mechas de cabelos grudadas na testa suada e os cílios meio colados. Gunther correu em seu auxílio, ajudou-a a se despir e cobriu suas pernas com um cobertor.

A explosão de sua alegria materna agora jazia cheia de dor sobre as flores desbotadas do forro do sofá: comparava cada contração com um vestígio de prazer sexual, como se a lembrança do amor que tinha gerado aquela criança permanecesse viva dentro de seu corpo. Aquela dor era apenas um eco do prazer, e quanto mais o seu ventre sofria, mais Larissa agradecia por ter nascido mulher, capaz de receber e de expelir os vestígios do amor de seu corpo, um meio feito de carne entre o além e a terra.

A parteira chegou com sua bolsa e deu uma olhada nos gatos que balançavam os rabos: a sala deveria estar higienicamente impecável.

– Não podem ficar aqui – disse ela, afastando os cabelos cacheados da testa –, precisam prendê-los em outro lugar.

Larissa declarou-se definitivamente contrária, aquele ajuntamento de vida haveria de servir para ajudá-la de alguma maneira: precisava lembrá-la de que não era nada além de uma parte de um círculo infinito. Em sua mente surgiu a imagem nítida de Gunther parado como um espantalho com dezenas de papagaios distribuídos pelo corpo, braços, pernas e cabelos. Vendo-o assim, vivente entre os viventes, Larissa tinha resolvido que só ele e mais ninguém poderia ser o pai de seu filho.

A parteira arregaçou as mangas do jaleco: seus antebraços roliços, ricos de gordura e capazes de curar, se aproximaram da barriga de Larissa. Começou a examiná-la com suas mãos pequenas e espertas.

– Falta pouco, a cabeça já desceu – disse, fitando Larissa nos olhos.

Se de um lado todos desejavam que aquela dor acabasse e que pudessem ver nascer a criança que tinha mudado suas vidas, de outro não conseguiam compreender a maravilha daquele tempo ampliado, quase intocável, que pairava naquela sala carregada de suor e expectativa.

Sabia que em breve um sorriso dissolveria as lágrimas, todas as lágrimas anteriores, todas as lágrimas de sempre, quando tocassem com o dedo o rosto que se preparava para começar.

O amor por seu filho era a coisa mais poderosa que já havia sentido, e Larissa tentava com todos os seus ossos e todo o seu sangue trazê-lo ao mundo, ajudá-lo a ver tudo aquilo que, dentro de seu ventre, ele só podia imaginar.

Cada vez mais frenética, sua vagina rangia com os impulsos que dava e com a pulsação do sangue. Seu coração batia tão rápido que até dava a impressão de que estava parado.

Depois sentiu outros ossos junto aos seus, outro sangue escorrendo com o seu e uma pele nova e predestinada deslizar de seu peito e de seu ventre, deslizar para baixo como num voo, um voo trágico e ao mesmo tempo sublime. Empurrou mais uma vez, apertando os olhos com força, buscando entre as lembranças o momento de seu próprio nascimento, quando era ela quem deslizava, era ela quem estava presa dentro da cavidade materna.

Fez um gesto vago com a mão, Gunther se aproximou e agarrou seus dedos pulsantes.

Estava acontecendo: George prendeu a respiração e se escondeu na sala ao lado. Não conseguia viver aquele momento.

Depois percebeu um silêncio assustador do outro lado e, quando se forçou a ir até lá para ver como iam as coisas, ouviu a respiração de Larissa, que parecia uma explosão ressoando contra as paredes, e um choro, um longo e desesperado choro de criança. Deu alguns passos para trás e resolveu espiar.

A parteira estendeu o menino à mãe, que levou imediatamente os dedos à penugem macia do recém-nascido: a graça daquele rosto era como um turbilhão de luz. Gunther se aproximou para olhar.

Perguntou a Larissa se podia segurar o bebê, ela sorriu com doçura e estendeu os braços.

A parteira franziu o nariz, ajeitou os óculos e, lavando as mãos, não percebeu os gatos que se aproximavam do novo trio.

Vagando mudo pelo quarto onde tinha se refugiado, George descobriu uma folha amassada colocada bem à vista sobre a escrivaninha. Era de Larissa.

Haverá um momento
onde o estreito espaço entre nós confundirá sua saudade
e a culpa será da lua, e minha,
lá no fundo onde sua língua se faz minha.
Arranjei tudo, mas não tenho sinetas que me guiem
onde não consigo
onde não posso.
Deméter tem um olho fechado e com o outro me mata,
faço de mim o que posso,
um anzol enfiado em minha perna,
possa a paz dormir em meu regaço,
é a prece de cada noite;
sem traços de ramos para me cobrir a cabeça
esta é realmente uma derrota
ampliada num tempo recluso, mas que, quando quer,
passa.

Saiu de casa sem fazer barulho.
Voltou ao frio das ruas.

Agradecimentos

Bianca Nappi: pelas preciosas informações astrológicas.

Paola Tavella: pelo amor, pelas "aberturas" de cartas pelo telefone.

Silvia Tavella: pela sabedoria das palavras: "Os machos estão habituados a vencer."

Andrea Mancuso: você leu as primeiras páginas deste livro e me pediu que seguisse adiante.

Roberto Moroni: porque sabemos nos tranquilizar.

Rosella Postorino e Severino Cesari: porque vocês me deram terra e boa água para germinar, vento para crescer, fogo para queimar o que não era necessário.

Marco Vigevani: os peixes têm nariz, mas não cheiram.

Paolo Pagnoncelli: pela poesia presente na p. 31, *M'innamoro* [Me apaixono](in *Le parole più preziose* [As palavras mais preciosas]), Ets 2002. E por todo o resto que você já sabe.

Conheça mais sobre nossos livros e autores no site
www.objetiva.com.br
Disque-Objetiva: (21) 2233-1388

markgraph

Rua Aguiar Moreira, 386 - Bonsucesso
Tel.: (21) 3868-5802   Fax: (21) 2270-9656
e-mail: markgraph@domain.com.br
Rio de Janeiro - RJ